Cagliostro
Wachs in deiner Hand

Wachs in deiner Hand

Acht Erzählungen

von

Cagliostro

MARTERPFAHL VERLAG

Postfach 8 / Firstbergstr. 2, D-72147 Nehren
www.marterpfahlverlag.com
marterpfahl.verlag@t-online.de
Titelbild: Roman Kasperski (www.romankasperski.de)
Umschlaggestaltung: domlupina (domlupina@gmx.de)
Druck: Print Com, Erlangen (www.print-com.de)
ISBN 3-936708-22-3

Inhalt

Gothic

8. JUNI

Meine Kollegin Patrizia war eine stolze und außergewöhnlich gutaussehende Frau. Ihre Mutter war eine Spanierin, ihr Vater ein Deutscher, und in der Tochter schienen sich die Eigenschaften, die zumindest das Klischee diesen beiden Nationen zuschrieb, zu einer wunderbaren Mischung zusammengefügt zu haben. Patrizia war groß, sehr schlank, besaß gewelltes, rabenschwarzes Haar und ganz leicht schräggestellte Augen, in deren Blick ich jedesmal ein dunkles Feuer funkeln zu sehen glaubte. Ihre Haut hatte eine Farbe, die zwischen Karamel und sehr hellem Milchkaffee lag, ihre ohnehin schon atemberaubende Figur hob sie durch sehr elegant geschnittene Röcke und Blusen in kräftigen Rottönen noch einmal zusätzlich hervor. Sie war außerordentlich intelligent, extrem ehrgeizig und schien über schier unerschöpfliche Energiereserven zu verfügen, die sie mit bemerkenswerter Konzentration und Zielstrebigkeit in die Projekte stecken konnte, mit denen sie im Augenblick beschäftigt war. Wenn ich sie mit solcher kaum zu bremsenden Vitalität durch die Gänge unserer Agentur, der Werbeagentur Weininger, fegen sah, drängte sich in mir automatisch die Frage auf, ob sie im Bett über dieselbe Leidenschaft und Unbändigkeit verfügte.

Das war allerdings eine Frage, auf die ich, wie es aussah, niemals in meinem Leben eine Antwort erhalten würde. Mehr als einmal hatte ich Patrizia teils versteckte, teils ziemlich offene Avancen gemacht, aber sie machte mir nur allzu deutlich klar, daß sie nicht die geringste Leidenschaft dazu verspürte, ihren herrlichen Körper in meine Hände geraten zu lassen. Selbst meine Einladungen zu einem gemeinsamen Abendessen »unter Kollegen« wurden von ihr ebenso direkt wie unmißverständlich abgewiesen. In solchen Momenten konnte diese temperamentvolle Südländerin ziemlich kühl werden.

An jenem Nachmittag, an dem die Ereignisse begannen, von denen ich berichten möchte, trat ich in ihr Büro, um ihr eine Mappe mit den Fotos von unserer Doppelgänger-Aktion zu zeigen. Sie massierte sich gerade die Schläfen und machte ein Gesicht, als ob sie Schmerzen hätte. Ich sah sie besorgt an.

»Migräne«, erklärte sie mit einem entschuldigenden Lächeln, als ob sie sich eine Schwäche eingestand, die sich für eine Powerfrau wie sie nicht gehörte. »Liegt vermutlich an diesem brutalen Hoch, das heute über uns hereingebrochen ist. Oder es war vielleicht doch ein bißchen viel Streß in letzter Zeit.«

»Eher das zweite«, bemerkte ich. Die momentane Wirtschaftsflaute machte sich bei uns in der Werbebranche am stärksten bemerkbar, und wir mußten ziemlich kämpfen, um uns erfolgreich über Wasser halten zu können. Patrizia stand dabei in vorderster Front. Sie war fest entschlossen, Karriere zu machen, und wußte, daß sie dafür doppelt so brillante Ideen haben und doppelt soviel Arbeit investieren mußte wie andere Mitarbeiter. Natürlich konnte das nicht völlig ohne Folgen bleiben.

»Du verausgabst dich total«, stellte ich fest. »Wenn du so weitermachst, hast du einen Burnout mit dreißig. Ich finde deine Willenskraft ja bewundernswert, aber auch du kannst die Kerze nicht an beiden Seiten anzünden.«

»Das ist leicht gesagt«, murmelte sie. »Aber es kann sein, daß du recht hast. Immerhin ist ab morgen mittag Wochenende, das ist doch auch schon mal was.«

»Am Wochenende bist du mit deinen Gedanken doch auch zum Großteil bei der Agentur. Du müßtest es mal lernen, alles völlig loszulassen. Dein Kopfweh kommt vermutlich daher, daß deine Nackenmuskeln total verspannt sind. Ich kann sie dir gerne mal massieren, wenn du willst.«

Ihre Augen blitzten. »Danke, ich glaube nicht, daß das nötig ist. Wenn ich jemanden zum Massieren brauche, wende ich mich ganz bestimmt nicht an dich. So wie es aussieht, habe ich übrigens vor kurzem schon jemand anderen gefunden.«

»Dieser machohafte Typ, der dich letztens mit seinem Cabrio von der Arbeit abgeholt hat? Das kann doch nicht dein Ernst sein!«

»Ach? Und warum nicht, bitteschön? Hast du an meinem Umgang etwas auszusetzen?«

»Oh, ich kenne solche Kerle. Jemand wie die sind doch nur auf einen schnellen ... ein schnelles Abenteuer aus, wollen mal eine gutaussehende Frau ins Bett zerren und ...«

»Wenn da mal nicht jemand von sich selbst auf andere schließt.«

»Patrizia! Wie lange kennen wir uns schon? Wie lange arbeiten wir schon zusammen? Wenn du bis jetzt nicht gemerkt hast, daß mein Interesse an dir aufrichtig ist, was soll ich denn sonst noch machen? Außerdem ist mir nicht klar, was diese Type besitzt, das ich nicht auch habe.«

»Na ja, Kevin ist sportlich, gut gebaut, ist braun gebrannt, hat einen knackigen Hintern und kräftige Hände. Ihm würde ich schon zutrauen, daß er meine Verspannung wegbekommt. Aber so lange kann ich diesmal wohl nicht warten.« Sie zog ihre Schreibtischschublade auf und nahm ein Päckchen Aspirin heraus. Dann goß sie sich ein Glas Wasser ein, in dem sie zwei Tabletten versenkte.

»Ideal ist das aber auch nicht«, sagte ich. »Dieser ganze pharmazeutische Kram hilft nur sehr kurzfristig und beseitigt die wahren Ursachen nicht. Wenn du schon deine Lebensführung nicht ändern willst, solltest du es wenigstens mal mit natürlichen Mitteln versuchen.«

»Leider habe ich keine Zeit, von Heilpraktiker zu Heilpraktiker zu pilgern und meinen Körper möglicherweise den Experimenten von irgendwelchen Scharlatanen zu überlassen, für die ich dann auch noch gutes Geld bezahle.« Sie hob das Glas an den Mund.

Ich zuckte mit den Schultern. »Wenn das alles ist, kann ich dir vielleicht helfen. Ein guter Freund von mir kennt sich hervorragend mit Phytotherapie und solchen Sachen aus. Er kann mir bestimmt einen pflanzlichen Extrakt für dich mixen, der dir hilft, wieder ein bißchen lockerer zu werden.«

»Von mir aus«, sagte sie und stand auf, um das Glas auszuwaschen. Wieder einmal wurden meine Augen von ihren schlanken Beinen fast magisch angezogen. »Versuchen kann man's ja mal.«

12. Juni

»Das ist ein wunderschönes Kleid«, sagte ich zu ihr. »Habe ich dir schon mal gesagt, auf welche beeindruckende Weise es deine aufsehenerregende Figur zur Geltung bringt?«

»Ja, als ich es das letzte Mal anhatte. Hör zu, Manfred, warum hörst du nicht endlich auf, hinter mir herzuhecheln, und nimmst statt dessen vielleicht einfach eine kalte Dusche? Ich muß bis zur Präsentation heute nachmittag unbedingt diesen Entwurf fertig haben.«

»He, nur die Ruhe. Schließlich bin ich nicht nur hierher gekommen, um dir Komplimente zu machen. Ich habe mich am Wochenende mit meinem Freund, dem Naturheilkundler, getroffen, und nach einigem Suchen und Grübeln hat er mir tatsächlich ein Präparat herstellen können, das dir zu etwas mehr Entspannung und Gelöstheit verhelfen sollte.« Ich zog ein kleines Fläschchen hervor, in dem eine türkise Flüssigkeit schimmerte, und stellte es vor Patrizia auf den Schreibtisch.

Sie betrachtete es skeptisch. »Und du meinst, das soll mir helfen, ruhiger zu werden?«

»Wenn du es regelmäßig einnimmst, unter Garantie. Auf jeden Fall kann es nicht schaden, es ist rein pflanzlich. Du brauchst es ja nur auszuprobieren. Ein Teelöffel davon nach jeder Mahlzeit in einem halbvollen Glas Wasser, hat Viktor gesagt.«

»Na, auf das Wundermittel bin ich mal gespannt. Auf jeden Fall vielen Dank dafür.« Sie schenkte mir ein Lächeln, das mir geradewegs in die Hose ging. »Wenn ich mich jetzt wieder auf meine Präsentation konzentrieren könnte ...?«

14. Juni

Diesmal traf ich Patrizia am Kopierer. Ich trat so dicht hinter sie, daß mir der berauschende Duft ihres edlen Parfüms in die Nase steigen konnte.

»Und?« fragte ich. »Hast du Viktors Extrakt mal ausprobiert? Hilft er irgendwie?«

Sie wandte sich zu mir um. »Ich bin überrascht«, sagte sie. »Ich habe das Zeug anfangs nur versuchshalber genommen, mehr um dir einen Gefallen zu tun. Aber jetzt geht es mir wirklich besser. Ich habe das Gefühl, als ob jeder Streß, alle Belastungen einfach an mir abgleiten würden.«

»Das freut mich sehr«, erwiderte ich, meinen Mund nur Zentimeter von ihrem Nacken entfernt. Sie griff nach den Kopien, warf mir noch einen freundlichen Blick zu und rauschte in Richtung ihres Büros davon.

20. Juni

Ich war gerade mit der Durchsicht eines Finanzierungskonzeptes für einen neuen Spot beschäftigt, als Patrizia in mein Büro trat. Ich sah überrascht auf.

»Was verschafft mir denn die Ehre, daß du mal wieder vorbeikommst?« fragte ich. »Ich hab doch noch nicht mal Geburtstag.«

»Ich kann auch wieder gehen«, erwiderte sie und lächelte etwas schief. »Vielleicht würde ich öfter hierherkommen, wenn ich mir nicht dauernd deine merkwürdigen Andeutungen anhören müßte.«

Ich breitete entschuldigend die Arme aus. »Werde in Zukunft versuchen, mich mehr zusammenzunehmen. Was kann ich für dich tun?«

Sie begann, im Raum auf- und abzugehen. »Diesen Pflanzenextrakt, den du mir neulich beschafft hast …«

»Ja? Was ist damit? Ich denke, er hat geholfen?«

»Hat er auch! Sogar sehr gut. Aber …« Sie drehte sich zu mir um und machte eine fahrige Bewegung mit ihrer linken Hand, kam dabei gegen einen Stapel mit Unterlagen und brachte ihn zum Umkippen. »Obacht!« rief ich und war schon aufgesprungen, während sie noch erschreckt zurückfuhr. Ich ging vor ihr in die Hocke und begann, das Papier vom Boden aufzusammeln.

»Siehst du?« sagte sie. »Das meine ich. Das Zeug war vor ein paar Tagen alle, war ja nur ein kleines Fläschchen. Und seitdem bin ich so nervös und so fahrig, wie ich noch nie in meinem Leben gewesen bin.«

»Könnte der Kontrast sein«, entgegnete ich von unten herauf.

»Ja, aber du hast doch was erzählt von pflanzlicher Basis und völlig ungefährlich. Die größten Hämmer der Pharmaindustrie haben ja nicht solche Auswirkungen, daß man sie nicht absetzen kann, ohne … Bist du wirklich sicher, daß dein Freund dir eine reine Kräutermischung gegeben hat?«

Ich richtete mich wieder auf. »Natürlich. Ich vertraue Viktors Kompetenz vollkommen. Das Mittel beruhte auf rein natürlicher Basis. Es soll auch nicht selbst helfen, sondern deinen Körper dazu bringen, daß er die nötigen Abwehrkräfte gegen Streß aktiviert. Vermutlich war nur die Dosis nicht hoch genug, die du eingenommen hast. Soll ich nicht am besten noch mal eine Flasche mitbringen, und jetzt, wo du weißt, wie gut du es verträgst, nimmst du ein bißchen mehr?«

Sie sah mich zweifelnd an und massierte dabei unruhig ihre Hände. »Hältst du das wirklich für eine gute Idee?«

»Ich kann ja vorher noch mal mit Viktor sprechen. Aber er hat mir gesagt, daß diese Pflanzen praktisch schon seit Jahrtausenden so angewendet werden. Johanniskraut soll zum Beispiel da drin sein. Jede Apotheke könnte dir das völlig rezeptfrei verkaufen.«

Schließlich nickte Patrizia. »Also gut. Wenn's was hilft.«
»Das wird es. Ganz bestimmt.«

22. Juni

Ich warf einen Blick auf die Uhr und stellte fest, daß ich heute wieder nicht zum Einkaufen kommen würde, langer Donnerstag oder nicht. Außer Patrizia, für die freiwillige Überstunden ein regelrechtes Hobby geworden waren, befand sich inzwischen kein anderer mehr in der Agentur. Ich verstaute die Unterlagen in meinem Koffer, als ich darin die Flasche mit dem Extrakt entdeckte, die mir Viktor für meine Kollegin mitgegeben hatte. Die hatte ich im Laufe des heutigen Trubels ganz vergessen.

Also machte ich mich mit ihr auf den Weg zu Patrizias Büro. Ich hatte es fast erreicht, als ich hinter der Tür ein kaum unterdrücktes Stöhnen hören konnte. Meine Schritte wurden langsamer, und ich legte die letzten Meter lautlos zurück. Die Tür war nur angelehnt und der Spalt breit genug, daß ich hindurchspähen konnte.

Patrizia saß auf ihrem Drehstuhl, ein angewinkeltes Bein auf den Papierkorb gestellt, das andere auf dem Schreibtisch liegend. Sie hatte ihren Rock in die Höhe gerafft, die Bluse geöffnet und ihre Augen halb geschlossen. Ihr Stöhnen rührte daher, daß sie damit beschäftigt war, sich im Augenblick selbst zu streicheln. Ihre Umgebung nahm sie dabei offensichtlich kaum mehr wahr. Ich entdeckte einen dunkelroten Slip vor den Rollen ihres Stuhles liegen, gleich neben Patrizias Stöckelschuhen, deren Farbton beinahe auf den des Wäschestücks abgestimmt zu sein schien. Ich hätte es meiner Kollegin zumindest zugetraut.

So leise, wie ich gekommen war, entfernte ich mich wieder von ihrem Büro. Die Fassade des Gebäudes begann erste Risse zu zeigen. Alles Weitere war nur eine Frage der Zeit. Ich konnte ihr die Flasche auch morgen früh noch geben.

11. Juli

»Was bekommst du jetzt eigentlich von mir?« wollte Patrizia wissen. »Das muß mich doch irgendwas kosten. Du hast mir bis jetzt vier von diesen Flaschen verschafft, und ich habe dir noch keinen Pfennig dafür bezahlt.«

»Och, das ist nicht nötig«, erwiderte ich. »Das regel ich schon irgendwie mit Viktor. Wenn du dich allerdings mal bei mir revanchieren möchtest, könntest du gerne mal mit mir zusammen essen gehen.«

Sie seufzte etwas theatralisch und sah mich mit ihren hübschen Augen traurig an. »Wie oft soll ich denn noch versuchen, es dir klarzumachen, Manfred? Ich bin wirklich nicht an dir interessiert. Zumal Kevin und ich sehr glücklich miteinander sind.«

»Auch Kevin kann doch nichts dagegen haben, daß du mal mit einem befreundeten Arbeitskollegen zu Abend ißt. Nach allem, was ich für dich getan habe und gerne noch weiter für dich tun möchte, wenn du Wert darauf legst.«

»Ich weiß nicht.« Sie wandte sich zur Tür. »Es war zwar sehr nett, was du für mich getan hast, aber vielleicht sollten wir das in Zukunft doch lieber lassen.«

»Vielleicht überlegst du dir's noch mal.« erwiderte ich.

17. Juli

Sie hatte sich einen Burgunder bestellt und eine französische Vorspeise, deren Namen ich nicht einmal aussprechen konnte. Im Augenblick war sie damit beschäftigt, ein paar Gambas sehr geschickt mit Messer und Gabel zu zerlegen. Selbst wenn ich meine Finger zu Hilfe nahm, war es mir noch nie gelungen, die Biester aus ihrer Schale zu befreien, ohne daß das Fett bis zum Nachbartisch spritzte.

»Und?« fragte sie mich. »Warum gibst du mir das Zeug nicht schon mal?« Ihre Hand griff nach dem Burgunderglas, und nur an dem leichten Zittern des dunklen Weines konnte ich erkennen, daß unter der Oberfläche einer demonstrativen Ruhe, die Patrizia in ihrer eleganten Abendgarderobe zur Schau stellte, eine extreme innere Angespanntheit lauern mußte.

»Oh«, sagte ich, »ich habe den Extrakt heute abend überhaupt nicht dabei. Viktor sagte, er könne mich erst morgen mittag treffen …«

»Erst morgen mittag?« Ihre Gesichtszüge entgleisten, und ich sah, wie sie unter ihrem Rouge etwas blaß wurde.

»Ja, es tut mir leid, aber schneller ließ es sich nicht einrichten.«

»Manfred, ich dachte, wir hätten einen Deal. Ich gehe mit dir aus, dafür verschaffst du mir …«

»Ooh! Und ich dachte, du bist mit mir zusammen, weil du mich magst!«

»Spinn hier nicht rum. Wir hatten ausgemacht, daß du es mir so schnell wie möglich besorgst.« Sie starrte mich eindringlich an. »Manfred, ich brauche es! Ich weiß nicht, wie lange ich's noch aushalte. Ich habe schon das ganze verfluchte Wochenende verbringen müssen – eine schiere Ewigkeit! – ohne daß ich was hatte, was mich wieder runterbringen konnte.«

»Du hörst dich an, als wärst du voll auf dem Trip.«

»Ich weiß nicht, was für ein Zeug das ist, was du mir da angedreht hast, aber mittlerweile wünsche ich mir ganz sicher, daß ich es nicht probiert hätte. Nicht einen einzigen Schluck!«

»Okay, offensichtlich hat es nicht so funktioniert, wie wir es uns vorgestellt haben. Aber glaubst du nicht, daß du ein bißchen viel Wind daraus machst? Gut, du bist ein bißchen übernervös ...«

»Übernervös!« lachte sie auf. Ich erkannte, daß kleine Schweißperlen auf ihre Stirn getreten waren. »Das ist beileibe nicht das einzige Symptom.«

»Wieso? Was gibt's denn sonst noch?«

»Ich ... mein Gott, das kann ich schwer erklären. Da ist eine innere Anspannung, die ist ... einfach unerträglich.« Ihr Lächeln geriet zu einer Grimasse. »Könntest du wenigstens mal mit Viktor sprechen, was er dazu sagt? Ich denke, er ist der große Experte?«

»Er hat mir versprochen, daß er sich noch mal gründlicher damit beschäftigt, sobald er dazu kommt.«

»Sag ihm, daß es dringend ist! Mir geht es wirklich nicht sehr gut.«

»Du mußt dich zusammennehmen«, erwiderte ich. »Morgen mittag bekommst du deinen Saft.«

27. Juli

»Unsere ursprüngliche Vereinbarung war«, sagte sie, während sie ihre Wohnungstür aufschloß, »daß wir *mal* miteinander zum Essen ausgehen. Es war nie die Rede davon, daß das eine bleibende Einrichtung wird und daß du regelmäßig noch einen Kaffee bei mir trinkst.«

»Jetzt hab dich doch nicht so. Ein bißchen Entgegenkommen kann ich für meine Mühe ja wohl erwarten, oder? Wo ist dein Macker eigentlich?«

Sie funkelte mich zornig an. »Kevin ist beruflich leider ziemlich viel unterwegs. Im Augenblick ist er wohl in den Apenninen ... oder in den Ardennen … Ich verwechsle die beiden immer. Gibst du mir jetzt endlich den Extrakt?«

Ich holte die Flasche hervor und hob sie vor ihr in die Höhe. »Was bekomme ich dafür?«

»Verdammt noch mal, spinnst du? Was willst du denn *noch*?« Sie griff nach der Flasche, aber ich zog sie zurück. »Soll ich dich deswegen etwa anbetteln?«

»Das wäre doch ein guter Anfang, oder?«

»Scheiße, so weit kommt's noch. Drehst du jetzt völlig durch? Ich komme mir ja eh schon vor wie der letzte Junkie. Jetzt gib endlich her!« Sie sprang mich urplötzlich an, schnappte nach der Flasche, ich wich zurück, hielt mit der einen Hand Patrizia zurück, schraubte mit der anderen den Verschluß auf. Patrizia schrie auf, hieb mit ihren langen Fingernägeln nach meinem Gesicht, warf sich förmlich auf mich. Wir wurden nach hinten geworfen, landeten auf einer ockerfarbenen Couch, der Verschluß sprang endlich vom Flaschenhals, und die grünliche Flüssigkeit floß heraus auf den Teppich.

Patrizia kreischte, starrte fassungslos die gerade entstandene Pfütze an; für einen Augenblick sah es so aus, als wolle sie sich auf sie stürzen und sie vom Boden auflecken. Ihr Atem ging schwer und unregelmäßig. »Du Schwein«, keuchte sie, »du verdammtes Schwein. O Gott, ich … Mach, daß du hier rauskommst … oder ich …«

Sie lag immer noch halb auf mir. Ich preßte meinen Körper an ihren, so daß sie die Versteifung an meinem Unterleib spüren mußte. Fast automatisch, ich würde schwören, fast gegen ihren Willen, schlangen sich ihre Beine um meine, sie schmiegte sich näher an mich, keuchte obszöne Schimpfwörter. Ihre Hände rasten über meinen Körper, meine über ihren. Ihre Bluse fiel zu Boden, mein Hemd, meine Hose, ihr Rock. Wir landeten auf dem Teppich. Sie schien nur noch aus Hitze zu bestehen, ihre Zunge tobte in meinem Mund, ihre Nägel rissen die Haut zwischen meinen Schultern auf. Ihre wüsten Beschimpfungen wurden von ihrem Stöhnen und Keuchen förmlich erstickt. Ich nagelte sie an den Fußboden, sie schien geradezu unter mir zu zerfließen. Sie schrie, ihre Gliedmaßen zuckten beinahe epileptisch über den Teppich, und als sie kam, bäumte sie sich auf, als hätte man ihr mehrere tausend Volt Starkstrom durch den schönen Körper gejagt.

31. Juli

»Ich habe mit Viktor gesprochen«, sagte ich. »An und für sich ist alles ganz einfach.«

Sie schloß ihre Schreibtischschublade mit einem heftigen Knall. »Und? Was sagt er?«

»Das Elixier, das du seit einiger Zeit nimmst, ist wirklich nicht ganz ohne. Es weist definitiv eine suchterzeugende Wirkung auf. Wenn man …«

»Darauf wäre ich ja allein überhaupt nicht gekommen.« Sie zog spöttisch die Brauen in die Höhe.

»Soll ich jetzt erzählen oder nicht?«

»Entschuldige.«

»Auf jeden Fall geht es einem glänzend, solange man es einnimmt, aber sobald man versucht, es abzusetzen, stellt der Körper fest, daß ihm etwas Wichtiges fehlt, und er sendet Alarmsignale. Signale, die so stark sind, daß man sie unmöglich ignorieren kann.«

»Das habe ich gemerkt.«

»Einfach absetzen kann man den Extrakt also nicht, ohne das Schlimmste befürchten zu müssen. Statt dessen verlangt der Organismus immer mehr. Desto schwerwiegender werden allerdings auch die Symptome. Viktor sagte mir, diese Symptome sähen so aus, daß man sich anfangs etwas unruhig fühlt, wenn man keinen Nachschub bekommt. Dann ziemlich nervös. Ab da kann man theoretisch noch zurück, wenn auch unter großer Mühe. Die Nervosität wird immer stärker und beginnt, eine Anspannung ganz bestimmter Art hervorzurufen. Man wird, mit anderen Worten, ein klein wenig … rollig.«

»Rollig!?«

»Das Medikament hat eine ungeheuer aktivierende Wirkung auf den Teil des menschlichen Gehirns, in dem der Sexualtrieb situiert ist. Es entsteht eine ständige sexuelle Anspannung in dir, die du schon sehr bald nicht mehr unterdrücken oder auf andere Weise bewältigen kannst. Es ist also kein Wunder, wenn dir irgendwann mal jedes Risiko egal ist und du dich mitten in deinem Büro plötzlich selbst befriedigst.«

Ich sah die Röte in ihre Wangen schießen. »Du träumst wohl!« stieß sie hervor.

Ich riß ihre Schreibtischschublade auf. Drinnen lag ein pornographisches Magazin, gegen das das Playgirl der reinste Quelle-Katalog war. Patrizia schnappte nach Luft.

»Außerdem hättest du nie mit mir gevögelt, wenn du zu diesem Zeitpunkt nicht schon ziemlich verzweifelt gewesen wärst«, ergänzte ich.

Sie schlug die Schublade wieder zu. »Und?« fauchte sie. »Hat dein Kumpel auch irgendwelche Ideen, wie er das wieder gradebiegen kann?«

»Er arbeitet daran.«

Sie lachte bitter auf. »Das reicht. Ich gehe zu meinem Hausarzt und dann zur Polizei. Oder umgekehrt.«

Ich seufzte tief auf. »Dein Hausarzt wird dir keine große Hilfe sein, weil er sich mit solchen Sachen nicht auskennt. Kaum jemand tut das. Vermutlich könntest du in ganz Deutschland nur zwei oder drei Leute finden, die solche Experten in Phytotherapie sind, und wie du die ausfindig machen willst, wissen die Götter. In medizinischen Journalen entdeckt man überhaupt nichts darüber. Viktor meint, dieses Elixier gehe auf Forschungen von Theophrastus Paracelsus höchstpersönlich zurück, nur daß zu seiner Zeit Schriften über Mittel, die menschliche Sexualität zu beeinflussen, unterdrückt wurden und nicht in den wissenschaftlichen Kanon eingegangen sind. Dieses Wundermittel ist eine echte Rarität. Zur Polizei kannst du natürlich gehen, wenn du es darauf anlegst, in Zukunft auf das Elixier zu verzichten und dir in den nächsten Wochen und Monaten, vielleicht Jahren, vor Geilheit deine Vagina blutig zu schaben. So viel kann selbst dein armer Kevin allein gar nicht verkraften. Vor allem, wo er doch ständig unterwegs ist.«

Patrizia ließ sich in ihren Stuhl zurückfallen. »Das kann doch alles nicht dein Ernst sein! Das kann doch *unmöglich* wirklich mit mir passieren.«

»Leider doch.«

Sie schlug mit ihrer Hand auf die Schreibtischplatte. »Tu du nicht so scheinheilig, verdammt noch mal! Das war doch kein Zufall! Das hast du doch alles geplant!«

»Was, das traust du mir zu? Das verletzt mich!« Ich trat einen Schritt auf sie zu. »Da wirst du dir aber einiges einfallen lassen müssen, um diese Bemerkung bei mir wiedergutzumachen.«

Patrizia stöhnte auf, so als ob sie jetzt schon ahnte, was auf sie zukommen würde.

2. August
»Bitte, Manfred, reichen die Netzstrümpfe nicht schon? Ich finde, ich sehe furchtbar darin aus.«

Ich durchstreifte aufmerksam die Kleiderständer. »Meiner Ansicht nach stehen sie dir hervorragend. Hier, was hältst du von dem?« Ich hielt einen Minirock in die Höhe.

Patrizia schnappte nach Luft. »Einen noch kürzeren hast du wohl nicht gefunden!«

»Um ehrlich zu sein, nein.«

»Soll ich den etwa zusammen mit den Strümpfen anziehen? In meiner Position? Ich bitte dich! Das sieht doch so aus, als ob ich mich damit regelrecht anpreisen würde.«

»Das ist ja auch die Idee dabei.« Ich lächelte sie an. »Und jetzt hör auf rumzuquengeln. Wir hatten uns doch darauf geeinigt, daß tu tust, was ich dir sage. Wenn ich dir nicht ab und zu deinen Stoff besorge, der dich wieder runterbringt, würdest du innerhalb von ein paar Tagen selbst auf der Suche nach möglichst knappen Röcken durch die Geschäfte irren, um dadurch Männer auf dich aufmerksam zu machen, die es mit dir treiben sollen.« Ich wandte mich an eine Verkäuferin. »Den nehmen wir.«

6. August
Das Klingeln des Telefons schreckte mich aus in höchstem Maße angenehmen Träumen auf. Ich warf einen Blick auf die Uhr, es war kurz nach zwei.

Patrizia war am anderen Ende der Leitung. »Manfred, mir geht es furchtbar schlecht«, jammerte sie.

»Was heißt das genau?«

»Die alten Symptome. Schweißausbrüche, Herzklopfen, meine Hände zittern ...«

»... und außerdem bist du ganz grauenvoll geil.«

Keine Antwort. Nur das Summen der Telefonleitung.

»Soll ich wieder auflegen?« fragte ich.

»Nein! Ich ... hör zu, ich weiß, daß es mitten in der Nacht ist, aber ...«

»Du hast mich geweckt. Soll ich jetzt etwa zu dir rüberkommen?«

»Es wäre ...« – sie erstickte fast daran – »... es wäre furchtbar nett von dir.«

»Da müßtest du mich schon besonders lieb bitten.«
»Was?«
»Du sollst mich darum bitten.«
»Aber das tue ich doch gerade!«
»Du traust dich ja noch nicht mal, in klaren Worten zu sagen, was du überhaupt willst. Das wäre das Mindeste, was ich um diese Uhrzeit von dir verlangen kann. Sag's mir. Sag mir, wie furchtbar nötig du es hast.«
Wieder Schweigen. Ich war nahe daran, den Hörer auf die Gabel zu werfen und ihr damit eine Lektion zu erteilen. Dann endlich, in letzter Sekunde, hörte ich doch noch ihre gepreßte, flehende Stimme. »Vögel mit mir, Manfred. Jetzt sofort, bitte. Ich bin so geil, daß mir fast die Muschi explodiert. Bitte komm her und fick mich, fick mich, fick mich, Manfred, bitte!«
»So so«, sagte ich, »so schlecht geht's dir also mittlerweile. Na gut, ich brauche zwar meinen Schlaf, aber ich kann ja mal zu dir kommen und dich wenigstens mal kurz rüberziehen. Weil du's bist.«
Schweigen.
»Wie sagt man?«
Ihre Stimme klang gebrochen. »Danke.«

8. August
»Wunderbar«, sagte ich und ließ den Fotoapparat klicken. »Leg jetzt vielleicht mal die Hände hinter den Kopf.«
Patrizia gehorchte bereitwillig. Ihrem Gesichtsausdruck war allerdings anzusehen, wie verzweifelt sie versuchte, alle Positionen, die sie für mich einnahm, innerlich nicht wahrzunehmen, alles an sich abgleiten zu lassen. Ebenso deutlich konnte ich jedoch erkennen, wie wenig ihr das gelang. Immerhin war sie bemüht, sich einen letzten Rest Stolz zu bewahren. Wenn sie gewußt hätte, was ich noch alles mit ihr vorhatte, wäre selbst ihr die Sinnlosigkeit dieses Unterfangens bewußt geworden.
»Und jetzt vielleicht die Brust ein bißchen mehr raus, ja? Du kannst deine Brüste wirklich sehen lassen, Patrizia. Ich werde dafür sorgen, daß du demnächst ein paar Kleidungsstücke erhältst, in denen du sie noch ein bißchen besser zeigen kannst.«
»Du demütigst mich.«
»Sei nicht lächerlich. Ich habe noch nicht einmal damit angefangen.« Ich zog ein Paar Handschellen aus meiner Tasche.

Patrizias Augen weiteten sich. »O nein! Kommt nicht in Frage!«

Ich seufzte genervt auf. »Patrizia, ich habe keine Lust mehr, jeden neuen Befehl, den ich dir gebe, erst lang und breit mit dir durchzudiskutieren. Entweder du tust sofort und ohne Widerrede, was ich von dir verlange, oder deine Versorgung mit dem Wunderelixier wird unwiderruflich gekappt.«

Eine Minute später hatte ich sie, wo ich wollte: auf den Knien. Sie trug nur noch ihre Stöckelschuhe und die Netzstrümpfe, als sie so von mir an die Heizung gekettet wurde. Die Fotos, die aus meiner Sofortbildkamera rutschten, sahen so erregend aus, daß Dutzende von einschlägigen Magazinen sich danach die Finger geleckt hätten.

Ich legte den Fotoapparat beiseite, warf mir die Jacke über und raffte die Fotos zusammen.

»Was hast du jetzt vor?« fragte mich Patrizia. Die Angst in ihrer Stimme war deutlich zu hören.

»Ich gehe jetzt nach Hause und werde dort einen kleinen Text verfassen, den ich zusammen mit den Bildern an ein Magazin für Kontaktanzeigen schicken werde. Vielleicht finden wir auf diese Tour ein paar Männer, die mich ein bißchen entlasten.«

»Was! Spinnst du?« Sie kam halb auf die Beine und riß an den Handschellen, was allerdings nicht von Erfolg gekrönt war. »Das ist doch nicht dein Ernst! Manfred! Das kannst du doch nicht tatsächlich ...«

Aber da war ihre Wohnungstür schon hinter mir ins Schloß gefallen.

28. August

»So, hier hast du wieder Nachschub von deinem Stoff«, sagte ich und stellte das Fläschchen auf Patrizias Schreibtisch. »Wohl bekomm's!«

Sie starrte die türkisfarbene Flüssigkeit mit angeekeltem Gesichtsausdruck an. »Ich muß verrückt sein, daß ich mir immer mehr von dem Zeug einflößen lasse. Mit jeder neuen Flasche wird meine ... meine Angespanntheit immer größer und größer.«

Ich grinste. »Du hast ja in den letzten Tagen mehr als einmal versucht, von dem Stoff wieder runterzukommen. Und das hat in jedem einzelnen Fall damit geendet, daß du fast auf Knien zu mir angekrochen kamst und mich regelrecht angefleht hast, von mir durchgefickt zu werden.«

Das viel zu knappe – und zu dünne – T-Shirt spannte sich über ihren Brüsten, als sie versuchte, mit tiefem Durchatmen meine Worte besser herunterschlucken zu können. Sie sah in eine andere Richtung. »Wie soll das nur enden, das frage ich mich.«

»Ich habe keine Ahnung«, entgegnete ich quietschfidel. »Aber es wird doch sicher furchtbar spannend sein, das herauszufinden. Übrigens habe ich neue Analyseergebnisse von Viktor. Er hat einen Ersatzstoff ausfindig gemacht, der in sehr geringen Dosen dieselben Substanzen enthält, die auch in diesem Elixier hier enthalten sind. Man könnte dadurch also die schlimmsten Symptome vermutlich wegbekommen.«

Sie sah mich hoffnungsvoll an. »Was für ein Stoff soll das sein?«

»Sperma.«

»Bitte!?«

»Ja, ich fand's zuerst auch ein bißchen merkwürdig, aber Viktor hat mir erklärt, das sei alles ganz logisch. Meine Güte, möglicherweise *besteht* das Zeug, das du da trinkst, zu einem gewissen Teil aus Sperma, auch wenn ich natürlich nicht sagen kann, ob Viktor selbst ...«

»Du hast sie doch nicht mehr alle! Du machst doch nur Witze, oder?«

»Patrizia, wie oft, wenn du gedacht hast, ich mache nur Spaß, hat es sich hinterher als hundertprozentiger Ernst herausgestellt? Natürlich weiß ich, daß dir Viktors Erkenntnisse nicht wesentlich weiterhelfen. Ich meine, du bräuchtest wirklich *Unmengen* von dem Zeug, damit du von deinem Trip auch nur halbwegs wieder runterkämst. Außerdem weiß bis jetzt kein Mensch, ob du auch den Ersatzstoff nur oral zu dir nehmen kannst, damit er in deinen Magen gelangt, oder ob es reicht ... äh ... aber ich sehe, du möchtest jetzt lieber ein bißchen allein sein. Wir sehen uns dann später, okay?«

31. August

An diesem Nachmittag fand die viermonatliche Gesamtkonferenz unserer Agentur statt, und wie jedesmal zog sich die Besprechung von kurz nach der Mittagspause bis zum Abend scheinbar endlos in die Länge. Patrizia saß mir direkt gegenüber, und ich konnte sehen, wie sie von Stunde zu Stunde unruhiger wurde, erst in durchaus zweideutiger Weise mit ihrem Kugelschreiber herumspielte, dann nervös auf ihrem Stuhl herumzurutschen begann. Als sie schließlich selbst ein paar Dinge vorzutragen hatte, war ihrer abgehackten Sprechweise und ihrem gepreßten Atem ihre Anspannung deutlich anzumerken. Manche Kollegen musterten sie verwundert, wozu vielleicht auch der von mir verordnete Wechsel in ihrer Kleidung seinen Teil beitrug. Niemand sagte jedoch ein Wort. Es wurde sieben, halb acht, die Konferenz wollte und wollte nicht enden; ich entdeckte, daß Patrizia inzwischen der Schweiß ausgebrochen war. Im Laufe des Nachmittages ging sie drei- oder viermal auf die Toilette, doch wenn sie zurückkam, wirkte sie nur geringfügig entspannter.

Schließlich kamen wir doch noch zum Schluß. Die meisten von uns hatten den Raum schon verlassen, nur Patrizia hatte etwas ungeschickt mit ihren Unterlagen zu kämpfen. Den Augenblick nutzte Weininger, der Chef unserer Agentur, um neben sie zu treten und ihr väterlich die Hand auf die Schulter zu legen. Sie zuckte unter der Berührung regelrecht zusammen.

»Es geht Ihnen nicht sehr gut, das merke ich schon seit einigen Tagen«, sagte er. »Was ist los mit Ihnen? Früher waren Sie doch immer hochkonzentriert und außerordentlich leistungsfähig. Was Sie jetzt manchmal anbringen, ist dagegen nicht sehr berühmt. Haben Sie irgendwelche Probleme, bei denen ich Ihnen helfen kann?«

»Nur hormonelle Beschwerden«, stieß sie hervor, was vermutlich die einfachste Antwort war, ihn von weiterem Nachfragen abzuhalten. »Ich hoffe, das wird wieder.« Damit stöckelte sie hinaus.

Wir verließen die Agentur gemeinsam. »O Gott, es wird immer schlimmer«, stöhnte sie neben mir. »Ich hätte nicht damit gerechnet, daß ich den Nachmittag irgendwie überstehe. Um fünf dachte ich schon, ich müßte Übelkeit vorschützen, mich verabschieden und den Rest des Abends damit verbringen, meine Erregung auf ein Mindestmaß zu reduzieren. Jetzt laß uns um Gottes Willen machen, daß wir so schnell wie möglich nach Hause kommen, ich halte es nicht mehr aus! Ob zu dir oder zu mir, das ist scheißegal.«

»Ja, ist okay. Ich möchte nur noch schnell ein paar Briefmarken ziehen. Ich glaube, da drüben in dem Einkaufscenter steht im zweiten Stock ein Automat.«

»Du willst jetzt noch *Briefmarken* ziehen? Manfred, ich bin fast am Auslaufen. Verdammt noch mal, ich kann mich kaum noch beherrschen.«

»Das ist nicht wirklich mein Problem«, sagte ich. »Du kannst gerne auch alleine heimfahren, ich könnte dann noch mal ins Kino.«

Sie stöhnte auf. »Ja, ist ja gut, ich komme ja mit.«

Wir betraten das Einkaufscenter. Es war um diese Uhrzeit längst tot und verlassen, alle Geschäfte hatten schon seit einiger Zeit geschlossen. Nur unten vor den Rolltreppen hockte eine Gruppe Jugendlicher, die meiner Begleiterin ob ihrer leicht exhibitionistischen Aufmachung ein paar schrille Pfiffe und anzügliche Bemerkungen nachjagten. Sie tat so, als hätte sie nichts davon gehört, aber es war ihr anzumerken, wie sie sich innerlich vor Scham krümmte. Wir fuhren in den zweiten Stock hoch; nach kurzem Suchen entdeckte ich auch den Automaten. Patrizia trat neben mir ungeduldig von einem Fuß auf den anderen. Ich hatte die Marken gerade in meinem Portemonnaie verstaut, als sie plötzlich an mir hing.

Ihr heißer Körper schmiegte sich auflodernd an meinen, ihre Hände fuhren über meine Brust. Ich sah mich mit schnellen Blicken um; es war um diese Uhrzeit aber weit und breit niemand mehr zu sehen. Ich reagierte auf ihre aus der Not geborenen Liebkosungen, wandte mich zu ihr um und preßte ihr meinen Mund auf die Lippen. Sie schob ihr rechtes Bein zwischen meine, ich spürte ihre Hand an meiner Hose, es gelang ihr, sie zu öffnen. Ich raffte ihren Rock in die Höhe, darunter trug sie nichts, wie ich es ihr befohlen hatte. Sie war tatsächlich klitschnaß. Ineinander verschlungen taumelten wir zurück, bis wir an einem der Geländer angelangt waren, die die Rolltreppen umgaben. Patrizias Körper bäumte sich flehend unter meinem auf, ihre Bluse war jetzt offen, sie streifte sie ab, das Kleidungsstück schwebte durch die Luft. Ich drang mit immer heftigeren Stößen in sie vor, während sie sich unter mir bog wie von bösen Geistern besessen, verlangende Stöhnlaute ausstoßend. Ihr Blick traf den meinen, und ich machte mit meinen Augen eine zeigende Geste nach schräg unten, in Richtung des ersten Stockwerks. Patrizia drehte den Kopf und entdeckte, immer noch von meinen Stößen erschüttert, ein älteres Ehepaar, das ungläubig zu uns heraufstarrte und plötzlich, beide in der selben Sekunde, unflätig zu schimpfen begann. Nur an Patrizias flammend roten Wangen konnte ich erkennen, wie stark die Scham in ihr geworden war, aber sie konnte offensichtlich nicht davon ablassen, sich frenetisch unter meinen Berührungen zu winden. Und als sie endlich kam, stieß sie einen so spitzen, so schrillen Schrei der Lust hervor, daß er augenblicklich mit begeistertem Gejohle von den Kiddies im Parterre erwidert wurde.

10. September

Patrizias rotgeschminkter Mund stand offen, das Haar fiel ihr wirr ins Gesicht. Sie trug nichts außer Netzstrümpfen und ihren schwarzen Stöckelschuhen, als sie auf allen vieren in der Mitte des um sie geschlossenen Stuhlkreises kauerte. Einer der Männer, die auf das von mir in ihrem Namen aufgegebene Inserat geantwortet hatten, hatte zwei schmucke Häubchen Schlagsahne auf ihre vollen Brüste gesprüht, so daß sie jetzt gleichzeitig unsagbar geil und unsagbar albern aussah.

Es war Sonntagabend. Ich hatte ihr nicht nur seit einiger Zeit den Nachschub von Viktors Elixier vorenthalten, sondern sie zudem noch den ganzen Tag mit Handschellen so in ihrem Bett gefesselt, daß sie sich unmöglich selbst berühren konnte. Früher oder später hatte sie begonnen, vor Lust zu wimmern. Mittlerweile mußte es zwischen ihren Beinen regelrecht brodeln.

Wir waren fast ein Dutzend, saßen um sie herum, waren alle vollständig bekleidet. Nur unsere Hosen standen offen, mußten offenstehen, damit Patrizia uns zu Diensten sein konnte. Und sie tat es mit einer wahren Inbrunst, kreiselte von einem Mann zum anderen, stürzte sich mit ihren Lippen beinahe auf jeglichen Schwanz, lutschte und saugte mit einer Gier, als ob jeden Augenblick flüssiges Manna in ihren Rachen schießen würde. Kaum war sie mit einem fertig und hatte sichergestellt, daß sie auch den letzten Rest aus ihm herausgeleckt hatte, wandte sie sich schon dem nächsten zu. Ihre Mundwinkel waren verschmiert, und einmal stieß sie sogar einen satten Rülpser aus.

Es klingelte an der Tür. Verschreckt sah sie auf, als wäre sie aus einer Art Trance herausgerissen worden. Ich machte eine auffordernde Geste. »Es ist deine Wohnung. Mach du auf.«

Sie nickte ergeben, verließ den Raum, wie sie war, und ging so zur Tür. Ich schloß in der Zwischenzeit meine Hose. Dann hörte ich Kevins Stimme im Flur, außerordentlich aufgebracht. Er war etwas früher gekommen, als ich ihn bestellt hatte. Patrizia versuchte verzweifelt, ihn zu beruhigen und davon abzuhalten, in diesen Raum hier zu kommen. Ich erhob mich von meinem Stuhl.

»Es ist nicht so wie du denkst«, jammerte Patrizia gerade. Sie stand breitbeinig und zitternd im Flur, versperrte Kevin den Weg. Auf ihren Brüsten glänzten immer noch die Sahnehäubchen. Ich trat hinter sie, dicht an sie heran, beantwortete Kevins wütenden Blick mit einem Grinsen und ließ meine Hand zwischen Patrizias Schenkel wandern.

Sie war viel zu aufgeladen, konnte sich nicht helfen; automatisch entfuhr ihr ein Stöhnen, und sie schmiegte sich an mich. Das war für Kevin genug, er zog seinen Handrücken durch Patrizias Gesicht, dann noch einmal andersherum. Während sie noch nach Luft schnappte, kreiselte er auf dem Absatz herum und stürmte aus der Wohnung. Patrizia fing sich, hastete ihm nach ins Treppenhaus und brüllte ihm über das Geländer zusammenhangslose Liebesschwüre nach. Schräg gegenüber öffnete sich eine Wohnungstür, ein korpulenter Mittvierziger starrte fassungslos nach oben. Patrizia taumelte weinend in die Wohnung zurück, zurück in meine Arme. Ich ließ die Tür hinter ihr ins Schloß fallen.

16. September
Überraschenderweise war Patrizias Wohnung an diesem Abend leer. Ich hatte ihr niemals befohlen, mich über jeden ihrer Schritte zu informieren, weil sie regelmäßig von selbst zu mir gekrochen kam; dennoch war ich etwas beunruhigt. Ich schenkte mir etwas zu trinken ein und setzte mich auf die Couch im Wohnzimmer, wo sie zum ersten Mal über mich hergefallen war. Auf einem Tischchen entdeckte ich einen Stapel mit Zeitschriften, die ich eher beiläufig durchblätterte.

Zuoberst lagen einige pornographische Magazine, die ihrem Zustand nach zu urteilen in fleißigem Gebrauch standen. Darunter fand ich eine Reihe von medizinischen Zeitschriften, die sie aus irgendeiner Bücherei bezogen haben mußte. Einige waren an Stellen aufgeschlagen und geknickt, an denen Artikel über die biologischen Grundlagen des menschlichen Sexualtriebes und Möglichkeiten der Einflußnahme begannen. In einem Beitrag der US-Zeitschrift »Self« war etwa die Rede von einem Medikament namens Anafranil, dessen höchst unerwünschte Nebenwirkung darin lag, daß es bestimmte Hirnzentren der Frauen, die es eingenommen hatten, so beeinflußte, daß bei ihnen ein Orgasmus durch bloßes Gähnen ausgelöst wurde. Ich mußte grinsen. Wenn Patrizia versuchte, auf diese Weise ein Gegenmittel gegen Viktors Elixier aufzustöbern, würde sie nicht sehr weit kommen.

Ganz zuunterst fand ich ein weiteres Kontaktmagazin, das ich noch nicht kannte. Um so überraschter war ich, als ich beim Durchblättern auf eines der Fotos stieß, auf denen ich Patrizia aufgenommen hatte. Und direkt darunter war eine Anzeige abgedruckt, mit der sich meine Kollegin in so deutlichen und fast verzweifelten Worten anbot, wie selbst ich sie in den von mir verfaßten Anzeigen nicht gewählt hatte: »Rasend geile, hemmungslose Zuchtstute macht alles mit. Brauche keinerlei Anlaufzeit, bin ständig scharf ...« Und das war erst der Anfang, danach steigerte sie sich erst richtig hinein. Neben diese Anzeige hatte sie mit Kuli etwas hingekritzelt, das ich mit etwas Mühe als »16.9., 20.00, Ormond, 306.« entziffern konnte.

Ich kannte das »Ormond« vom Namen her, es war eine billige Absteige im Westend der Stadt. Ein Blick auf die Uhr sagte mir, daß es halb acht war. Einen Augenblick lang überlegte ich, ob ich etwas unternehmen oder Patrizias Treiben auf sich beruhen lassen sollte. Dieses Überlegen dauerte nur wenige Sekunden, dann hatte ich die Wohnung bereits verlassen.

Fünfzehn Minuten später klopfte ich an die Tür von Zimmer 306. Patrizia öffnete mir. Sie trug ein weißes Spitzentorselet und einen String in der gleichen Farbe, wodurch nur das Nötigste ihres Körpers bedeckt war. Als sie mich erkannte, riß sie erschreckt die Augen auf.

»Bist du wahnsinnig?« herrschte ich sie an. »Dich hier wildfremden Männern anzubieten und dir womöglich eine bunte Mischung der ekligsten Krankheiten einzufangen? Ich hätte nicht gedacht, daß du schon so sehr jede Kontrolle über dich verloren hast.«

»Und wem habe ich das zu verdanken?« zischte sie mit glitzernden Augen zurück. »Die Typen, die du zu der Party letzten Sonntag eingeladen hast, haben ja wohl auch nicht alle gerade erst einen Aids-Test abgelegt.«

Das war ein Argument, mit dem ich mich zugegebenermaßen noch nicht eingehend beschäftigt hatte. Um so wichtiger schien es mir, die Kontrolle augenblicklich zurückzugewinnen.

»Du kommst jetzt mit mir mit!« erklärte ich unmißverständlich und zerrte sie hinaus auf den Gang. »Wenn du nicht tust, was ich dir sage, werde ich dir das einzige Mittel wegnehmen, das deine Geilheit überhaupt noch im Zaum hält. Dann kannst du aber wirklich alle möglichen Männer anspringen, die dir gerade in den Weg kommen.«

Sie wehrte sich hysterisch gegen meinen Griff, aber ich war stärker. Um meinen Argumenten etwas mehr Nachdruck zu verleihen, zog ich die Tür von 306 hinter uns ins Schloß. Patrizia starrte mich fassungslos an.

»Wir fahren jetzt augenblicklich zu dir nach Hause«, machte ich ihr klar.

»Etwa so wie ich bin, in der Unterwäsche? Das kann doch nicht dein Ernst sein!«

»Du kannst in dem Aufzug ja auch wildfremde Männer erwarten und dich ihnen anpreisen. Jetzt tu nicht so empfindlich und komm endlich.«

Sie sah ein, daß ihr tatsächlich keine andere Wahl blieb. Mit störrisch erhobenem Haupt schritt sie hinter mir die Treppe hinab und durch den Vorraum, der in diesem Haus als Lobby zählte. Alle Reaktionen auf ihren Aufzug versuchte sie, so gut es ging, zu ignorieren. Als sie erkannte, daß ich nicht mit meinem Auto gekommen war, sondern nach einem Taxi winkte, schnappte sie noch einmal nach Luft, fügte sich dann aber. Der Fahrer hätte vermutlich auch noch eine blöde Bemerkung gemacht, wenn ihm eine eingefallen wäre, aber Hauptsache war, daß er uns sicher nach Hause brachte. Patrizia saß zusammengekauert neben mir in den Polstern, wieder glühten hektische Flecken auf ihren Wangen. Endlich kamen wir vor ihrem Gebäude an. »Geh schon mal hoch«, befahl ich ihr, »ich fahr derweil zurück ins Ormond, beruhige die Zimmerwirtin, hole deine Sachen und versuche, deinen Möchtegern-Freiern beizubringen, daß deine Möse heute zu hat.«

Sie sah entgeistert in Richtung des Gebäudeeingangs. »Ich soll ... So? Die kennen mich doch alle ...«

»Dann lernen sie dich eben mal richtig kennen.« Ich schlug die Wagentür zu und forderte den von der Situation ein wenig überforderten Fahrer auf, mich wieder zum Hotel zurückzubringen. Ich warf einen letzten Blick aus dem Heckfenster: Patrizia stand noch immer auf dem Bürgersteig und starrte mir ungläubig nach.

Ich ließ mich in die Polster zurücksinken. So konnte das auf keinen Fall weitergehen. Früher oder später würde Patrizia eine Gefahr für die Allgemeinheit werden, und meine Aufgabe war es, etwas dagegen zu unternehmen. Geistesabwesend fuhr ich mit der Hand in meine Jakkentasche und entdeckte, daß ich vergessen hatte, Patrizia den Zweitschlüssel zu ihrer Wohnung in die Hand zu drücken.

20. September

Ich steuerte meinen Wagen durch die hügelige Landschaft. Patrizia, jetzt etwas züchtiger gekleidet, saß neben mir auf dem Beifahrersitz.

»Siehst du, das hat doch wunderbar geklappt mit deinem Urlaub«, sagte ich. »Volle zwei Monate, so gut wie problemlos. Der Alte setzt anscheinend volles Vertrauen in dich und hofft, daß du bald wieder zu deiner alten Leistungsstärke zurückfindest.«

»Und was hast du jetzt vor?« fragte sie mich. »Wo fahren wir überhaupt hin?«

»Zu Strawberry Heights, einem kleinen Familienlandsitz am Rhein, der mir gehört. Da staunst du, was? Ja, mein Vater war lange Zeit Mitglied im hessischen Parlament und hatte dadurch Gelegenheit, ein bißchen Geld auf die Seite zu schaffen, um dieses Gebäude zu errichten. Es liegt so weit von der Zivilisation entfernt, wie es bei dieser Besiedelungsdichte überhaupt noch möglich ist. Spitzen, das nächste ein paar Kilometer entfernte Städtchen, ist ein besseres Dorf.«

»Warum hat ein deutscher Landsitz eigentlich einen englischen Namen?« wollte sie wissen.

Ich lachte. »Mein Vater war ein ziemlich belesener und sehr verspielter Mann.«

»Und was hast du da mit mir vor?«

»Das wirst du dann schon sehen. Das einzige, was du wissen mußt, ist, daß wir dort die vor uns liegende Zeit gemeinsam verbringen werden.«

»Soll das ein Antrag sein?« fragte sie mißgelaunt.

Ich tätschelte ihre Schenkel. »Ich glaube nicht, daß ich irgendwelche Anträge nötig hätte, Kleines. Deiner bedingungslosen Treue bin ich mir jetzt schon ziemlich sicher.«

Wir fuhren weiter, und ich versuchte, die fast schmerzlich schöne Erhabenheit der um uns liegenden Landschaft vollständig in mir aufzunehmen. Es ist eine Schande, daß von den großen Rheinfelsen nur die Loreley wirkliche Berühmtheit erlangt hat. Alles, was man hier zu sehen bekommt, erschüttert einen manchmal mehr, macht einen noch atemloser als der Anblick einer wunderschönen Frau. Hier konnte man noch die Einheit des Menschen mit der unverfälschten Natur, der er entstammte, jede Faser seines Körpers in lustvollem Schmerz durchziehen spüren. Die schroffen, hohen Felsen allein wirkten einerseits so bedrohlich, andererseits so ehrfurchtgebietend, daß mich schon ihr bloßer Anblick in beinahe sexuelles Schaudern versetzen konnte.

Das leuchtende Bunt der Wälder um uns herum begann ein wenig dunkler und melancholischer zu werden, als sich der Himmel mit schweren, grauen Wolken bezog. Binnen weniger Minuten wurde es finster, und ein starker Wind war aufgekommen. Ich spürte, wie Patrizia neben mir heftiger atmete. Unsere düster gewordene Umgebung schien ihre innere Anspannung deutlich zu verstärken. Als wir meinen Landsitz erreichten, hörten wir in nicht allzu weiter Entfernung bereits lautes Donnergrollen.

Ich stoppte den Wagen und stieg hinaus. Patrizia tat auf der Beifahrerseite dasselbe. Ihr Blick wanderte über die hervorstehenden Erker, die obskuren Verzierungen und die mit verschnörkelten Ornamenten geschmückten Türmchen der Gebäudefassade. Sogar ein paar kleine Gargoylen hatte mein verspielter Vater über dem Eingang anbringen lassen. Patrizia wußte offensichtlich nicht, was sie von all dem halten sollte.

»Willkommen in unserem neuen Zuhause«, rief ich mit erhobener Stimme, um den Donner zu übertönen. »In Strawberry Heights werde ich dein Eblis sein!«

21. September

Wir verbrachten die Nacht in einem riesigen Doppelbett, das in dem früheren Schlafzimmer meiner Eltern stand. Ich konnte nicht sehr gut schlafen, weil sich Patrizia die meiste Zeit stöhnend neben mir hin- und herwarf. In Zukunft würde ich sie lieber in einem Zimmer auf dem Dachboden unterbringen. Als ich am nächsten Morgen aufwachte, sah ich, daß sie ihr Kissen zwischen die Beine gepreßt hatte.

Nach dem Aufstehen legte ich ihre neue Kleidung heraus – ein kurzer, aber tief geschlitzter Rock, der bei jedem Schritt aufklaffte und eine einige Nummern zu kleine Bluse – und machte sie auf das gefaßt, was sie erwartete.

»Gegen neun werden sich die Bediensteten unten in der Halle versammeln, um dich kennenzulernen und willkommen zu heißen. Du wirst sie begrüßen, indem du vor ihnen niederkniest und jedem einzelnen die Schuhe küßt. Dein Name hier wird übrigens nicht weiter Patrizia, sondern ab jetzt Servia sein. Ich denke, das ist angemessener.«

Nach dem Frühstück traten wir in die Halle hinaus, wo das Dienstpersonal von Strawberry Heights bereits aufgereiht Stellung bezogen hatte. Wir traten vor sie, und ich stellte sie meinem neuen Gast der Reihe nach vor: Titus, der Majordomo; Antonia, Matilda und Emily, die Dienstmädchen; Schedoni, der Stallmeister. Dann präsentierte ich ihnen ihre neue Hausherrin: »Das hier ist Servia, eine gute Bekannte von mir. Sie hat in letzter Zeit durch verschiedene ungünstige Einflüsse einen kaum beherrschbaren Sexualtrieb, verbunden mit Neigungen zum Exhibitionismus und Masochismus, entwickelt. Ich habe ihr angeboten, ein paar Wochen hier zu verbringen, damit sie innerlich wieder zur Ruhe kommt. Die meiste Zeit wird sie wohl auf ihrem Zimmer oder im Wohnraum verbringen und sich selbst befingern. Ich habe ihr klargemacht, daß sie Ihnen dabei so wenig wie möglich auf die Nerven gehen soll. Falls es doch Probleme gibt, sagen Sie mir es bitte. Schließlich muß ich mir sicher sein, daß sie hier in guter Aufsicht ist, während ich mich in der Stadt aufhalte. Servia, sag den Damen und Herren doch guten Tag.«

Ihr Kopf war während meiner kurzen Vorstellung bereits so rot geworden, daß sich diese Färbung kaum noch steigern konnte, als sie vor dem überraschten Hauspersonal zu Boden kniete und einem nach dem anderen mit Lippen und Zunge über die Schuhe fuhr. Als sie wieder auf den Beinen war, erlaubte ich den Bediensteten, sich zu entfernen, was sie heftig tuschelnd taten. Dann verabschiedete ich mich von meiner früheren Kollegin und machte mich auf den Weg zu meiner Agentur. Die Fahrt würde von hier aus leider ein gutes Stück länger dauern, aber der Gedanke daran, daß ich bei jedem Nachhausekommen schon mit triefenden Lefzen erwartet wurde, machte einiges wieder wett.

25. September

Es war gegen acht, als ich müde und abgespannt Servias Zimmer betrat. Draußen schlug ein starker Wind Regentropfen gegen die Fensterscheibe. Servias Anblick machte mich wieder munter; wie ich es ihr beigebracht hatte, kniete sie mit leicht gespreizten Beinen auf dem Bett, den Rücken nach hinten gebogen, ihre Hüfte gierig nach vorne geschoben.

»Na, du kleines Stück Geilheit«, sagte ich und tätschelte ihre nasse Pussy. »Du kannst es kaum noch erwarten, oder?«

»Nein«, keuchte sie schwer atmend, »ich halte es kaum noch aus. Fick mich. Bitte fick mich. Hart.«

Ich öffnete meine Hose. »Gern.«

28. September

An diesem Nachmittag hatte ich früh nach Hause kommen können. »Heute ist schönes Wetter«, sagte ich zu Servia. »Komm, wir werden einen kleinen Einkaufsbummel machen. Du kannst das kleine Städtchen hier in der Nähe ruhig mal kennenlernen.«

»Und wie möchtest du mich diesmal anziehen, daß es möglichst demütigend für mich ist?« fragte sie mich mit hilfloser Wut in ihrer Stimme. »Oder soll ich so gehen?«

»Unmöglich. Das ist doch viel zu nuttig für jemanden, mit dem ich mich sehen lassen möchte. Nein, du wirst Jeans und Pullover tragen.«

Sie atmete erleichtert auf. Das dumme Ding, sie kannte mich immer noch nicht.

Ich brachte an ihren Handgelenken zwei Stahlreifen an, die ich, nachdem sie die Hände in die Hosentaschen ihrer Jeans gesteckt hatte, mit Karabinerhaken am Gürtel befestigte. Auf diese Weise waren ihre Hände in Höhe ihrer Hüfte gefesselt, auch wenn man ihr das von außen nicht ansah, solange man sie nicht aufmerksam untersuchte. Der graue, riesig ausgeschnittene Pullover, den sie über ihrem nackten Oberkörper tragen sollte, war diesmal nicht zu knapp, sondern einige Nummern zu groß.

Daß dies noch viel unangenehmer war, stellte Servia fest, als ihr das Kleidungsstück ständig von den Schultern rutschte, ohne daß sie wegen ihrer gefesselten Hände viel dagegen unternehmen konnte.

Und so gingen wir einkaufen. Spitzen besaß zwar nur einige kleine Lädchen, in denen man etwas Interessantes finden konnte, aber wir hatten ja hauptsächlich vor zu bummeln. Binnen kurzer Zeit verging Servia fast vor Scham. Ich hielt mich meistens in der Nähe von Ladentheken auf, wo viele Leute standen, sie blieb immer ein wenig zurück, mußte mich aber immer wieder um Hilfe rufen, wenn ihr Pullover aufs Neue von ihrer Schulter gerutscht war und ihre rechte oder linke Brust entblößt im Raume hing. »Manfred«, hörte ich ihre heisere Stimme in unregelmäßigen Abständen hinter mir, »Manfred, bitte!« Merkwürdig, gerade an diesem Nachmittag stellte ich fest, wie schlecht mein Gehör doch geworden war. Wenn Servia nur schüchtern ihre Hilferufe wisperte, reagierte ich zunächst überhaupt nicht. Sie mußte schon so laut werden, daß sich selbst Leute nach ihr umdrehten, denen ihre peinliche Situation sonst entgangen wäre. Sehr bald stellte sie fest, daß es nichts gab, was sie gegen diese Zurschaustellung tun konnte: Hielt sie sich aus dem dichtesten Gewühl heraus, mußte sie um so lauter und flehentlicher nach mir rufen, folgte sie mir auf den Fersen, führte ich sie den Menschen der Stadt dermaßen vor, daß Servia nur noch gedemütigt zu Boden starren konnte. Ein paarmal versuchte sie, den Pullover durch hochgezogene Schultern oben zu behalten, aber davon wurden nur ihre Nackenmuskeln steif, und wenn der Pullover dann doch fiel, rutschte er sogar von *beiden* Schultern herab. Spitzens Bewohner hatten offensichtlich keine Ahnung, was sie von dieser wunderschönen Frau halten sollten, die lieber ihre Titten in der Gegend herumschwenkte, statt einmal die Hände aus den Taschen zu nehmen. Als wir zurück nach Strawberry Heights fuhren, war Servia für einige Zeit nicht mehr richtig ansprechbar.

2. Oktober
Titus empfing mich schon in der Halle. »Wir haben Ihre Bekannte heute mittag dabei erwischt, als sie Ihr Schlafzimmer durchwühlte«, teilte er mir mit. »Wir mußten sie beinahe gewaltsam daraus entfernen, sie hat nach uns geschlagen und wie wild um sich getreten. Sie faselte irgend etwas von einem Elixier, das Sie angeblich vor ihr versteckt halten.«

»Ja, ein Medikament, von dem sie abhängig ist«, murmelte ich. »Wo ist sie jetzt?«

»Wir mußten sie auf dem Dachboden einsperren.«

»Bringen Sie sie mir bitte herunter.«

Ich ging unruhig in der Halle auf und ab, während Titus die Treppen hinaufschritt. Ich hatte damit rechnen müssen, daß Servia früher oder später durchdrehen würde. Jetzt war es wichtig, die Kontrolle zurückzugewinnen und ihr klarzumachen, daß ich solches Verhalten nicht durchgehen lassen würde. Wenige Minuten später erschien Titus wieder auf dem oberen Absatz, schleifte meine sich widerspenstig gegen ihn anstemmende Mätresse hinter sich her. Gleichzeitig klingelte es an der Tür.

Ich tat die paar Schritte und öffnete. Draußen stand ein zerlumpter, nach Fusel stinkender älterer Mann im Regen. »Entschuldigt, mein Herr«, begann er, »ich bin schon seit schier ewigen Zeiten auf der Wanderschaft und habe lange kein Obdach mehr gehabt. Bitte, hättet ihr nicht eine Möglichkeit ...«

»Natürlich«, unterbrach ich ihn, »neben den Ställen gibt es einige leerstehende Unterkünfte, wo unsere Stallburschen gelebt haben, als wir noch Pferde hatten. Ich bin sicher …« Da hörte ich hinter mir die kreischende Stimme Servias, und ein Lächeln glitt auf meine Lippen.

»Sie sind seit ewigen Zeiten auf der Wanderschaft?« fragte ich. »Dann haben Sie doch bestimmt schon seit einiger Zeit auch keine Frau mehr gehabt, oder?«

Er sah mich verdattert und etwas verletzt an, wich sogar einen Schritt zurück.

»Schon gut«, sagte ich, »ich meine nur, vielleicht hätte ich eine für Sie. Die einzige Bedingung wäre«, ich griff hinter mich, packte Servia am Handgelenk und schleuderte sie über die Treppenstufen hinaus in den Schlamm, »daß Sie sie sich direkt vornehmen, gleich hier.«

Für einen Augenblick sah er mich so an, als hätte ich den Verstand verloren und als wenn es vielleicht gesünder wäre, so schnell wie möglich hier wegzukommen, bevor ich mich mit einem Hackebeil hinterrücks auf ihn draufstürzte. Dann fiel sein Blick auf Servia, wie sie mit ihren nackten, langen Beinen und ihrem wohlgeformten Körper im Matsch kauerte und versuchte, wieder auf die Füße zu kommen. Automatisch leckte er sich über seine gesprungenen Lippen.

»Zoroaster, ja, ich tu's!« rief er aus, packte meine kreischende Kleine, zwang sie wieder zu Boden und warf sich auf sie. Servia schrie. Ich blieb im Eingang stehen, sah ihrem Zappeln zu und beglückwünschte im stillen den Fremden zu seiner brutalen Kraft und seiner animalischen Energie.

4. Oktober

»Selbst das Piercing der Zunge ist heutzutage überhaupt kein Problem mehr«, sagte der etwas gedrungene Mann, der mir gegenübersaß. »Anfangs fällt einem das Sprechen sehr schwer, und man kann nur unverständlich nuscheln. Aber schon nach kurzer Zeit gewöhnt man sich sehr schnell daran und spricht wieder völlig normal.«

Ich nickte. »Wie schön. Und können Sie die Piercings auch so anbringen, daß die Phase des unartikulierten Nuschelns ein paar Tage oder Wochen länger anhält?«

6. bis 27. Oktober
Mir war klar, daß alle Bestrafungen, die ich Servia bis jetzt auferlegt hatte, nicht ausreichten, sie wirklich gefügig zu machen. Ihr Blut kochte, ihre Lippen starben fast vor Verlangen, sie war in einen Zustand fast rasender Geilheit verfallen. Immerhin konnte sie mit ihrer geschwollenen Zunge nicht mehr irgendwelche unglaubhaften Geschichten über mich verbreiten, die mit ominösen Elixieren zusammenhingen. Dennoch wollte ich sie nicht länger frei in meinem Landhaus herumlaufen lassen.

Statt dessen brachte ich sie im Keller unter. Der Fußboden war mit Stroh bedeckt, ein paar Stoffreste bildeten Servias Lager. Sie trug jetzt nur noch zerfetzte Lumpen, die Hände waren ihr auf den Rücken gefesselt worden. »Ass hus hu hi nir?« quälte sie hervor, als ich ihr Halsband über eine Kette mit der Mauer verband. Ich machte Servia klar, daß die Kette gerade lang genug war, daß sie den an einer Seitenwand befindlichen Abtritt erreichen würde. Das Schaben und Krabbeln in den Wänden solle sie am besten ignorieren, ich glaubte nicht, daß es wirklich von Ratten stammen würde. Es tue mir leid, sie so zu sehen, aber in ihrem Zustand bliebe mir leider keine andere Wahl. Ich würde regelmäßig zu ihr herunterkommen, um ihr schlimmstes Begehren zu stillen; wenn ich aber keine Lust oder keine Zeit hatte, würden Titus oder der Stallmeister diese Aufgabe erfüllen.

Tatsächlich konnte ich es nicht über mich bringen, mich allzu lange von Servia fernzuhalten. Abends bezog ich in einem Klappstuhl auf einem Treppenabsatz über ihrem Lager Position, ließ mir von Titus unseren besten Wein bringen und widmete mich dem Studium der Zeitung oder anderer Lektüre. Ab und zu warf ich einen Blick zu ihr herab, wie sie sich da voll unbezähmter Lüsternheit auf ihrem Lager wälzte. Wenn sie es gar nicht mehr aushalten konnte, rief sie mit flehender Stimme Worte zu mir herauf, die ich trotz ihrer immer noch undeutlichen Aussprache als »Fick mich« oder ähnlich ausdrucksstarke Varianten interpretieren konnte. Manchmal ließ ich mich dann dazu herab, ihren Wünschen Folge zu leisten. Man ist ja kein Unmensch. Manchmal aber befriedigte ich sie lediglich mit einer Zucchini oder einer noch ziemlich harten, geschälten Banane, die ich ihr danach zu essen gab.

Einmal entdeckte ich rote Striemen auf ihrem hübschen Hintern. Auf meine erstaunte Frage entgegnete sie lallend, daß der Stallmeister, dem ich sie gelegentlich zur Verfügung stellte, von ihr verlangte, erst nach ein paar Schlägen seiner Peitsche zu betteln, bevor er sie sich vornahm. Ich mußte mal ein paar Worte mit dem Mann wechseln – brutale Gewaltanwendung, die zudem noch die edle Haut meiner Mätresse auf diese Weise entstellte, fand mein Wohlgefallen nicht.

Statt dessen war ich, wie mein Vater, ein eher verspielter Typ. So warf ich Servia von meinem Treppenabsatz aus die Essensreste zu, nach denen sie wegen ihrer auf den Rücken gefesselten Hände mit dem Mund schnappen mußte, bevor sie in den Dreck fielen. Wenn ich ihr in ihrem Napf zu essen gab, waren es meistens Bohnen, Zwiebeln und andere Dinge, die Servia übles Bauchgrimmen verursachten, bis sie sich endlich dazu durchrang, ihren Blähungen auch in Anwesenheit anderer Leute Luft zu machen. So degenerierte sie immer mehr, und das einzige, was sie von einem besonders schönen Tier unterschied, war schließlich nur ihre immer noch von Tag zu Tag ansteigende brüllende Geilheit.

Schließlich hatte ich ein Erbarmen mit ihr und ließ von Titus und Schedoni einen glattlackierten Pfahl in der Mitte von Servias Verließ anbringen. Sie sah mich mit großen Augen an, als ich ihr erklärte, daß sie sich an diesem Pflock jederzeit abschaben konnte, wenn immer ihre Gier zu groß wurde. In einem letzten Rest von Stolz ließ sie den Pfahl an den ersten drei Tagen scheinbar unbeachtet, obwohl ich merkte, wie ihr Fieber stärker und stärker wurde und wie ihre Blicke eins ums andere Male verlangend zu dem Pfosten herüberwanderten, auch wenn sie sich immer wieder ertappt zur Seite wandte. Am vierten Tage schließlich konnte sie ihre Beherrschung nicht mehr aufrechterhalten, und ungeachtet meiner demütigend starrenden Blicke kroch sie auf den Pfahl zu, lehnte sich mit gespreizten Beinen dagegen und begann mit heftigen Bewegungen ihre Pussy auf und ab zu reiben, bis sie fast explosionsartig kam, um zuckend und mit den Beinen auskeilend nach hinten zu kippen. Ich ließ mein wahrhaft diabolisches Lachen von den Mauern ihres Kerkers widerhallen, bis sie sich vor Scham windend in eine Ecke flüchtete und ihren Kopf in den Lumpen vergrub.

So vergingen unsere Tage und Nächte in meinem Landsitz, den ich im Geiste längst in »Screwberry Heights« umgetauft hatte. Auch in Servia mußte es inzwischen eingesickert sein, daß es sich bei meiner Dienerschaft keineswegs um Leute handelte, die man über jede Zeitarbeitsfirma vermittelt bekommen konnte. Andernfalls wären längst die Herren in den grünen Uniformen auf meiner Türschwelle aufgetaucht und hätten mich höflich darauf aufmerksam gemacht, daß mein Umgang mit Frauen nicht hundertprozentig mit dem Strafgesetzbuch in Einklang zu bringen war. Das hätte mein ohnehin schon arg strapaziertes Bankkonto kaum noch ertragen können. Es wurde mir jetzt schon mit jedem Auszug klarer, daß ich meine Aktionen schon aus rein finanziellen Gründen nicht mehr lange fortsetzen konnte. Aber ein oder zwei Kleinigkeiten gab es doch noch, die ich Servia gerne klarmachen wollte.

28. Oktober

Ich hatte Titus gebeten, Servia von ihren Ketten zu befreien, ihr die Lumpen auszuziehen, ihr reichlich zu trinken zu geben und sie gründlich zu waschen, bevor ich an diesem Tag das Verließ betrat. Sie empfing mich mit mir abgewandtem Gesicht, auf allen Vieren, den Hintern hoch in die Luft gereckt, demütig darauf wartend, daß ich sie fickte. Diese Stellung gefiel mir besser als alle anderen zuvor; sie hatte nicht so etwas Forderndes, sondern zeigte, daß Servia endlich begriffen hatte, wo ihr Platz war: Wenn du mich ficken willst, bitte, fick mich, wenn du keine Lust hast, werde ich dich nicht dazu drängen, auch wenn ich innerlich schon vor Begehren zergehe. Ich hatte sie mir endlich unterworfen. Völlig? Das würde der Abend zeigen.

Ich tätschelte nur kurz ihren Hintern, ließ sie aufstehen und mit mir hoch in den Speisesaal gehen. Dort gab ich ihr ein großes Glas Wasser, dann noch eins und noch eins. Sie wollte protestieren, wollte einwenden, daß sie schon von Titus mehr als genug erhalten hatte und ihr Bauch ganz gebläht war, aber als sie meinen Blick sah, schwieg sie. Nach einiger Zeit fragte sie, ob sie auf Toilette gehen und sich erleichtern dürfe. Ich erlaubte es nicht und schenkte ihr ein neues Glas ein.

Als ich sie abgefüllt genug glaubte, befahl ich ihr, mir zu folgen. Mit nichts als ihren schwarzen Stöckelschuhen bekleidet schritt sie hinter mir durch die Halle. Vor der Tür des Salons, hinter der Stimmengewirr zu hören war, blieben wir stehen. Ich erklärte Servia, daß ich dort gerade eine kleine Party stattfinden ließ und sie mein Ehrengast war. Sie trat unruhig von einem Fuß auf den anderen und sagte mir mit bettelnder Stimme, sie wolle mich wirklich nicht provozieren, aber sie müsse ganz furchtbar dringend, und ob sie nicht vorher … Ich schnitt ihr die Worte ab, sagte, das komme überhaupt nicht in Frage, und zog ein weißes Seidentuch hervor, das ich ihr als Binde über die Augen legte und hinter ihrem Kopf verknotete. Dann führte ich Servia in den Salon.

Es ging ein großes Raunen durch den Saal, als wir eintraten. Servia tastete sich voran, konnte nicht das Geringste sehen, was um sie herum geschah, sondern nur hören, daß der Raum mit Menschen voll war. Die Stimmen von Männern und Frauen schwirrten wohl nur so um sie herum. Titus drückte ihr ein Glas mit Champagner in die Hand, sie wollte ablehnen, aber ein leichter Druck meiner Hand und der scharfe Klang meiner Stimme brachten sie dazu, es sich anders zu überlegen. Ich führte sie herum, stellte sie Leuten vor, die sie nicht sehen konnte, die aber gerne bereit waren, ihr die Hand zu schütteln. Nach und nach leerte sie auf meinen Zwang hin das Glas, sie schwitzte jetzt leicht, wechselte immer öfter ihr Gewicht von einem Fuß auf den anderen, biß sich die Unterlippe wund. Ich organisierte ein neues Glas für sie und trat mit ihr zum Büfett. Sie wisperte mir verzweifelt ins Ohr, daß sie wirklich gleich gehen müsse, weil sie sonst für nichts mehr garantieren könne, aber ich ignorierte es und griff nach den erlesenen Speisen. Männer umringten uns, einige drängten ihren Körper versehentlich gegen Servias, wie das in diesem Trubel ja gerne einmal vorkommt, andere ließen viel frecher ihre Hände über die Haut meiner Mätresse gleiten. Sie war wehrlos, brauchte all ihre Kraft, um sich zusammenzunehmen und das zu verhindern, was dann doch geschah.

Ihr erschreckter Aufschrei machte mich sofort darauf aufmerksam. Dann sah ich es, wie alle es sahen und Servia es nur allzu deutlich spürte: das leise plätschernde, nach und nach immer stärker werdende Herabrieseln an ihren Beinen. Sie konnte es nicht mehr aufhalten, sie pißte vor unser aller Augen auf den Fußboden. Die Gespräche um uns herum verstummten, und für einige Sekunden hörte man nur noch das Geräusch ihres Wasserlassens. Ich bin überzeugt, daß das für meine nackte Begleiterin der Höhepunkt aller Demütigungen war, daß sie gerade innerlich darum betete, der Erdboden möge sich auftun und sie verschlingen.

Statt dessen riß ich ihre Binde von den Augen und herrschte sie an, daß sie ja wohl das widerlichste und unbeherrschteste Wesen sei, daß mir jemals begegnet sei. Sie krümmte sich unter meinen Worten ebenso wie unter den anklagenden, lüsternen, befremdeten, abgestoßenen Blicken der Anwesenden, die sie wie ein menschlicher Käfig umstanden. Ich ließ Titus einen Eimer und einen Putzlappen bringen, dann mußte Servia vor uns allen auf die Knie gehen und ihren Urin vor unseren Augen säuberlich aufwischen. Das war der Zeitpunkt, wo ich mir endgültig sicher war, daß ich auch den letzten Rest ihres Stolzes gebrochen hatte.

2. November
Ich führte Servia in den von meinem Vater ebenso luxuriös wie geschmackvoll eingerichteten Wohnraum von »Screwberry Heights«. Auf dem Sofa erwartete sie bereits ein in einen dunklen Anzug gekleideter Mann um die dreißig.

»Das ist Viktor«, stellte ich ihn vor. »Viktor, das ist Servia.«

Auf eine Geste von mir ging Servia augenblicklich mit leicht gespreizten Beinen in die Knie, bog den Rücken nach hinten und schob ihre Hüfte in einer unmißverständlich anbietenden Geste nach vorne.

»Süß«, sagte Viktor. Seine Hand glitt in ihr schimmerndes Haarbüschel hinein. Sie stöhnte leise. Er lehnte sich wieder in sein Sofa zurück. Ich ließ Servia hochkommen.

»Nette Begrüßung«, stellte mein Freund fest. »Jetzt weiß ich, was du mit ›gut erzogen‹ gemeint hast.«

»Ja«, sagte ich. »Und das habe ich dir zu verdanken.«

Er zog die Brauen in die Höhe.

»Servia, sag ihm doch, welche Auswirkungen sein Wunderelixier in den letzten Monaten auf dich gehabt hat.«

Sie berichtete. Viktors sichtliche Gelassenheit wich immer mehr, bis er sich schließlich gespannt nach vorne beugte und mit großen Augen Servias Erlebnissen lauschte. Als sie geendet hatte, sah er mich fragend an.

»Erzähl's ihr«, forderte ich ihn auf.

Er holte tief Luft. »Servia ... oder wie immer Sie heißen mögen ... also, ich weiß nicht ganz, wie ich anfangen soll. Zunächst einmal, es ist richtig, daß Manfred mich darum angegangen hat, ob ich ihm nicht eine Art Elixier brauen könnte, das bei Einnahme eine deutlich beruhigende Wirkung hat, nach seinem Absetzen aber eine spürbare sexuelle Anspannung hervorruft. Es klingt vielleicht überraschend, aber so schwierig, wie es sich anhörte, war das gar nicht. Wenn man bestimmte Barbituriate und gewisse Aphrodisiaka in der richtigen Weise zusammenmischt, hat man sehr schnell einen entsprechenden Extrakt. Und er steigert tatsächlich Ihr sexuelles Begehren, das habe ich an mir selbst ausprobiert. Aber alles, was darüber hinausgeht, ist vollständig absurd. Mein Elixier hat weder eine süchtigmachende Wirkung, noch schraubt er ihr Lustempfinden in solche Höhen, daß Sie sich schließlich vor Geilheit auf dem Boden wälzen. Das ist absolut unmöglich.«

Servia stieß ein fassungsloses Auflachen aus. »Aber ich habe es doch am eigenen Leibe erlebt!« Sie sprach mittlerweile wieder ziemlich gut.

Viktor schüttelte den Kopf. »Aber nicht aufgrund meines Extraktes. Das ist vollkommen ausgeschlossen. Genauso wie die Geschichte mit dem Sperma totaler Blödsinn ist, den Manfred Ihnen erzählt hat. Ein ziemlich geschmackloser Scherz übrigens, wie ich finde, aber Manfred hatte ja schon immer einen ziemlich ausgefallenen Humor.«

»Haben Sie mir denn nicht zugehört?« wollte Servia wissen. »Ich hab mir doch die letzten Monate nicht eingebildet! Was wollen Sie mir da eigentlich erzählen?« Sie war wirklich vollkommen aus dem Gleichgewicht gebracht, fast standen ihr schon wieder Tränen in den Augen. »Woher soll das denn sonst gekommen sein, wenn nicht durch dieses grüne Zeug? Je mehr ich davon getrunken habe, desto hemmungsloser wurde ich.«

Viktor sah sie ernst an. »Haben Sie schon mal den Ausdruck Placebo-Effekt gehört?«

Für einen Augenblick sah sie so aus, als würde sie in Ohnmacht fallen. Dann schüttelte sie langsam den Kopf. »Kommt nicht in Frage«, hauchte sie. »Das können Sie mir nicht erzählen. Ich hab mir das doch nicht alles eingebildet! Wie käme ich denn dazu? Bevor ich von Ihrem Trunk zu mir genommen hatte, war ich eine erfolgreiche und hundertprozentig angepaßte Geschäftsfrau. Und sehen sie mich jetzt an! Sie wollen Ihre Verantwortung an der Geschichte nur nicht zugeben, das ist alles.«

Viktor warf mir einen vielsagenden Blick zu. Ich zuckte mit den Schultern. »Los, sag's ihr. Wenn sie's unbedingt hören will.«

Er wandte sich ihr wieder zu. Die nächsten Sätze sagte er fast übertrieben laut und deutlich, betonte dabei jedes Wort. »Ich habe Manfred genau vier Flaschen von meinem Extrakt zur Verfügung gestellt. Die letzte davon hat er Ende August von mir bekommen.«

»Vier?« Ihre Stimme brach fast. »Aber ich verstehe nicht ...«

Ich half ihr ein wenig auf die Sprünge. »Was nicht bedeutet, daß er mir nicht erklärt hat, wie man mit etwas Lebensmittelfarbe und entsprechenden Geschmacksstoffen eine Flasche Wasser so präparieren kann, daß sie genauso türkis schimmert und genauso schmeckt wie das echte Zeug.«

Sie sah vollkommen befremdet von Viktor zu mir und wieder zurück. »Das ist doch nicht euer Ernst, oder? Ihr macht wieder irgendwelche Spielchen mit mir ...«

Ich schüttelte den Kopf. »Bei allen Spielchen, die wir in den letzten Monaten miteinander gespielt haben, war deine Teilnahme in Wahrheit hundertprozentig freiwillig. Das Wasser hatte nicht die geringste Wirkung auf dich. Du warst einzig und allein die Sklavin deiner eigenen Bedürfnisse und hättest jederzeit aufhören können. Uns kannst du nicht das Geringste vorwerfen.«

»Na ja«, räusperte sich Viktor, »wenn eine Gerichtsverhandlung aus der Sache erwächst, laßt mich da bitte raus, ja? Ich möchte hier selbst weder über Zwang und Nichtzwang noch über irgendwelche ethischen Grenzverletzungen urteilen müssen.«

Ich zuckte mit den Schultern. »Aber vielleicht möchte Servia ... Patrizia ... sich jetzt selbst entscheiden, wie sie sich die Fortsetzung dieser Geschichte vorstellt. Du weißt jetzt, daß deine ganze Abhängigkeit reine Einbildung war. Deine Körperlichen Symptome sollten binnen kürzester Zeit verschwunden sein, du kannst dann problemlos in unsere Agentur zurückkehren und deine Arbeit ganz normal wieder aufnehmen. Allein die Erinnerung an die letzten Monate wird mindestens bis an dein Lebensende unauslöschlich in deiner Erinnerung festgeschrieben sein. Du hast natürlich auch die Wahlmöglichkeit, weiterhin das zu bleiben, was du bis zu dieser Sekunde noch bist.«

Sie starrte uns weiterhin unverwandt an. Es war unmöglich, ihrem Gesicht auch nur ein Bruchteil dessen anzusehen, was in ihrem Inneren gerade an heftigsten Kämpfen vor sich gehen mochte. Wir warteten schweigend ab, harrten ihrer Entscheidung. Ich war vollauf entschlossen, mit den Konsequenzen von beiden möglichen Ausgängen zu leben.

Endlich begannen ihre Lippen sich zu bewegen. »Alles nur ... Einbildung?« flüsterte sie fassungslos. Erst jetzt schien es wirklich in sie einzusickern, was diese Neuigkeit überhaupt bedeutete. »Das alles – nur Einbildung? Alles ...« Ihr Mund verzog sich zu einem Grinsen, das ganze Gesicht verzerrte sich plötzlich zu einer entsetzlichen Grimasse. Sie stieß ein heiseres Lachen aus, ein Lachen, das mir eine Gänsehaut über den Rücken jagte. Viktor sah alarmiert zu mir herüber. Ich konnte meinen Blick nicht von Patrizia lösen, wie sie da kauerte, den Kopf jetzt in den Nacken gelegt, lachte wie eine Geisteskranke, ein Lachen, das immer heiserer wurde, immer rauher, bis es auf einmal in ein animalisches Fauchen überging, ein wildes Fauchen, das der Tiefe ihrer Kehle entsprang. Und in der nächsten Sekunde war sie über mir, noch bevor einer von uns Männern auch nur reagieren konnte, sie warf sich mit ihrem nackten Körper auf meinen, ich sah ihre Zähne blitzen und nach meiner Kehle schnappen. Dann biß sie mit aller Kraft zu.

Schwarze Pädagogik

ES GAB VIELLEICHT EINEN EINZIGEN GRUND, warum ich trotz meiner gründlichen Ausbildung niemals hätte Lehrer werden dürfen, und der ist, daß mich viele gutaussehende Mädchen in einem bestimmten Alter immer noch unglaublich erregten. Mir war es unmöglich, zum Beispiel Emma Thompson in den Harry-Potter-Filmen zu sehen, ohne daß sich meine Hände unter der Bettdecke zu regen begannen. Ich wußte, daß ich meine Gefühle eigentlich viel besser unter Kontrolle hätte haben müssen, mehr Distanz hätte aufbauen müssen, die Mädchen, die ich unterrichtete, allein als meine Schülerinnen und nicht als Objekte meines Begehrens hätte betrachten dürfen. Hätte, hätte, hätte. In dem Moment, in dem Kim mein Büro betrat, in ihrem enganliegenden Shirt, die linke Schulter zu einem beträchtlichen Stück frei, mit ihren langen nackten Beinen, die in einem Paar schwarzer Doc-Martens-Schuhen endeten, mußte ich vor Nervosität schlukken und konnte noch nicht einmal aufstehen, um ihr die Hand zu geben, weil ich befürchtete, daß ihr die urplötzliche Anspannung in meiner Hose nicht entgehen würde.

»Nein, lassen Sie die Tür bitte offen«, sagte ich. Wir Lehrer waren aus naheliegenden Gründen dazu angehalten, uns mit unseren weiblichen Schülern nicht in geschlossenen Räumen aufzuhalten. Erst recht, wenn ihre Leistungen im Unterricht sehr zu wünschen übrig ließen, wie das bei Kim der Fall war. Man wollte so Konflikten vorbeugen, bei denen es zu unerfreulichen Beschuldigungen kam und ohne Anwesenheit von Zeugen nicht mehr geklärt werden konnte, wessen Version der Wahrheit entsprach.

Kim nahm mir gegenüber Platz. Sie kaute etwas gelangweilt an einem Kaugummi und schlug ihre langen Beine übereinander, etwas provokativ, wie ich fand. Statt außer der Begrüßung noch etwas zu sagen, sah sie mich nur abwartend an.

»Kim, ich habe Sie deshalb extra noch einmal in mein Büro gebeten, weil ich …« Ich blätterte in den Unterlagen auf meinem Schreibtisch herum, begann dann von neuem. »Sie haben sich die Klausur inzwischen angesehen, die ich Ihnen heute morgen zurückgegeben habe?«

»War 'ne Sechs.«

»Ja. Aber ich meine nicht nur die Note. Haben Sie sich durchgelesen, was ich Ihnen druntergeschrieben habe?«

»Warum schreiben Sie mir überhaupt was drunter, wenn Sie mich sowieso noch mal zu sich zitieren, um mir alles mündlich auseinanderzuklabustern?«

»Kim, nach allem, was ich gehört habe, war Ihre Versetzung in das neue Schuljahr ausgesprochen knapp. Sie ist sogar ausdrücklich als eine Art Vertrauensvorschuß gewährt worden in der großen Hoffnung, daß Sie sich wieder fangen und Ihre Klausuren sich deutlich verbessern würden. Das ist offensichtlich nicht der Fall. Statt dessen habe ich den Eindruck, daß Sie sich noch nicht einmal Mühe geben, auch was Ihre Mitarbeit im Unterricht angeht. Die Qualität Ihrer Leistungen sinkt eher, als daß sie steigt.«

Sie blies ihren Kaugummi zu einer kleinen Blase auf und ließ diese platzen, bevor sie antwortete. »Und wieso machen ausgerechnet Sie jetzt so einen Heidenakt dadraus? Kümmert doch sonst keinen Menschen. Und Sie sind nur vertretungsweise hier, Sie sind schließlich nur'n Referandariar.«

»Referendar. Das heißt aber nicht, daß ich keine Verantwortung für meine Schülerinnen … für meine Schüler empfinde.«

Sie schmatzte mit ihrem Kaugummi und musterte mich dabei eindringlich. Mir wurde etwas unwohl unter ihrem Blick. Am liebsten wäre ich aufgestanden und hätte die kaum begonnene Unterhaltung beendet und Kim zur Tür gebracht, aber ich hatte immer noch einen Harten und war nicht sicher, ob sie ihn nicht bemerken würde.

»Und was wollen Sie jetzt von mir?« fragte sie.

Ich griff nach meinem Kugelschreiber. »Nur, daß Sie sich etwas mehr Mühe geben. Diese Klausur sollte eine Art Warnung für Sie sein. Ich weiß nicht, wie Sie in anderen Fächern stehen …«

»Genauso beschissen.«

»… aber in anbetracht der relativ guten Leistungen, die Sie früher ja doch einmal gehabt haben sollen …«

»Früher. Früher war alles viel einfacher.«

»Sie sollten versuchen, sich wieder zu fangen. Ich weiß nicht, haben Sie private Probleme?«

Stirnrunzeln. »Was geht'n Sie das an?«

Ich hob beschwichtigend die Hände. »Ich versuche nur, eine Erklärung für Ihren Leistungsabfall zu finden.«

»Das vergessen Sie mal. Die Frage ist doch viel eher, was man dagegen tun kann, finden Sie nicht?«

»Ja, natürlich. Ich meine nur, vielleicht haben Sie ja irgendwelche anderen Belastungen, die Sie aus dem Weg räumen könnten. Möglicherweise wollen Sie auch einfach nur einen Nachhilfelehrer oder ein Institut engagieren, das Ihnen wieder auf die Beine hilft.«

Sie kaute. Dann: »Wollen Sie das vielleicht machen?«

»Ich?«

»Ja, warum nicht?«

»Weil ich Ihr Lehrer bin. Ausgeschlossen!«

»Sie sind nur zur Vertretung mein Lehrer. Genug freie Zeit dürften Sie doch eigentlich haben. Wären ja nur ein paar Stunden in der Woche. Und den Verdienst könnten Sie bestimmt auch gut gebrauchen.«

»Es tut mir leid, das kommt nicht in Frage. Ich muß unabhängig bleiben. Ich kann Ihnen schließlich nicht bei der Vorbereitung zu Klausuren helfen, die ich nachher selbst benote.«

»Toll, dann helfen Sie mir eben nur in den Fächern, in denen Sie mich nicht unterrichten. Meine Eltern würden Sie bestimmt nicht schlecht bezahlen.«

Ich ließ den Kuli auf den Schreibtisch fallen und atmete tief durch. Natürlich war es eine der obersten Prinzipien, daß Lehrer und Schüler sich in keinem Fall auf außerschulischer Basis näherkommen durften. Dies konnte sehr schnell zu genau den Mißverständnissen führen, vor denen ich die ganze Zeit Angst gehabt hatte. Sollten auch nur Gerüchte in irgendeiner Form publik werden, könnte mir das gerade zu Beginn meiner Laufbahn ungeheure Schwierigkeiten bereiten. Alles in allem war das ein unmögliches Angebot, und es kam nicht in Frage, darauf einzugehen.

»Wie stellen Sie sich das denn vor?« fragte ich.

»Wir treffen uns zwei- oder dreimal die Woche, und Sie helfen mir bei meinen Hausaufgaben und beim Lernen für die Klausur. Ich weiß nicht, ob es Ihnen lieber ist, wenn ich zu Ihnen komme …«

»Nein! Auf keinen Fall.«

»Gut, dann können Sie mich ja besuchen. Wollen wir einen Termin ausmachen, meinetwegen heute abend um sieben?«

Ich blätterte in meinem Terminkalender. »Also eingetragen habe ich da noch nichts ...«

»Prima.« Sie erhob sich. »Ich kann also auf Sie zählen?«

»Hören Sie, ich bin mir immer noch nicht sicher ...«

»Wir können ja erst mal gucken, wie's überhaupt anläuft. Wenn wir nicht miteinander zurechtkommen, können wir's auch lassen, und dann suche ich mir so ein Institut. Okay?«

Ich hielt ihrem Blick für ein paar Sekunden stand, schlug dann die Augen nieder. »Also gut. Einverstanden.«

Den Nachmittag verbrachte ich zu Hause. Ich lebte allein in einer kleinen Pension, war schon seit längerer Zeit ein Single. Ich weiß nicht, wie andere Lehrer damit fertigwerden; dadurch, daß ich täglich diese jungen, hübschen Dinger vor mir sehe, begann ich nach und nach das Interesse für die Frauen in meinem eigenen Alter zu verlieren. Sie konnten dem Vergleich mit dieser jugendlichen Frische, dieser unverbrauchten Schönheit auf Dauer nicht standhalten. Andererseits waren meine Schülerinnen selbstverständlich unberührbar für mich.

Wenige Minuten vor sieben parkte ich meinen Wagen vor dem Haus, das mir Kim als ihre Adresse angegeben hatte. Ich war überrascht, es handelte sich um eine der besten Gegenden Wiesbadens, eine Art Villenviertel. Das Haus, in dem Kim lebte, war ziemlich groß, hatte eine integrierte Garage und einen sehr schönen Vorgarten. Ich durchquerte das schmiedeeiserne Tor, schritt schwungvoll die Marmortreppe zum Eingang empor, horchte der hallenden Melodie der Türglocke nach. Dann öffnete mir Kim.

»Hallo«, sagte sie, wobei sie ihren Kaugummi in einen Mundwinkel schob. »Sie sind ja sehr pünktlich.«

Ich folgte ihr in den Flur. »Ich weiß immer noch nicht, ob das eine besonders gute Idee war. Was sagen denn eigentlich Ihre Eltern dazu?«

»Oh, die stecken bei den Saudis. Auf Geschäftsreise, sie sind überhaupt selten zu Hause. Lassen mich machen. Ich komme ganz gut zurecht ohne sie, vielleicht noch besser, als wenn sie da wären. Schmeißen Sie Ihre Klamotten einfach auf den Stuhl da.«

»Was ...?«

»Ihre Jacke.« Sie drängte sich an mir vorbei, ich konnte den Duft eines sehr süßen Parfüms wahrnehmen. Nachdem ich meinen Blazer abgelegt hatte, folgte ich ihr die Treppe hinauf, ihre langen geraden Beine direkt vor meiner Nase. Auf einer Stufe entdeckte ich eine einzelne weiße Socke. Oben angekommen stieß Kim eine Tür auf und ließ mich hindurchtreten. Ich gelangte in ein geräumiges Jungmädchenzimmer mit einem Bett, Schreibtisch, Computer, einer großen Couch mit einer Patchworkdecke. Die Jalousien waren halb herabgezogen, Poster hingen an den Wänden, auf einem weiteren Tisch stand eine Schüssel mit Konfekt, daneben ein Taschenbuch von Kathy Akker und eine CD: BRAVO-Kuschelrock. Mir wurde auf einmal etwas schwindelig.

»Okay«, sagte ich in einem angestrengten Versuch, mich zusammenzunehmen. »Mit welchem Fach wollen wir anfangen?«

Sie stand plötzlich ganz dicht vor mir. Ich konnte die Wärme ihres Körpers unter ihrer schwarzen Bluse fast spüren und hielt unwillkürlich die Luft an. »Warum fangen wir nicht etwas ganz anderes an?« fragte sie.

Ich konnte nichts antworten. Mein Kopf war leer, und ich hatte Angst auszuatmen, als ob mein Atem sie zurückstoßen, diese Situation, die mich zugleich erregte und beängstigte, einfach auflösen konnte. Es war genau die Situation, in die ein verantwortungsvoller Lehrer mit einer seiner Schülerinnen, und sei sie noch so attraktiv, auf keinen Fall kommen durfte. Ihre Hand strich sanft über das Hemd, das mir am Körper klebte, wanderte weiter nach unten.

»Wir können sofort aufhören«, sagte sie. »Wenn das hier nicht der wirkliche Grund ist, aus dem du hierhergekommen bist, können wir sofort aufhören und mit dem Unterricht weitermachen. Du brauchst nur ein Wort zu sagen.«

Ihre Hände hatten meine Hose erreicht und begannen, den Gürtel zu öffnen. Bei dem Reißverschluß mußte ich ihr helfen, da sie damit Schwierigkeiten zu haben schien. Mein Schwanz schnellte heraus wie ein Schachtelteufel. Sie ging vor mir in die Knie und nahm ihn in ihren Mund. Ich riß mir mein durchgeschwitztes Hemd vom Leibe, legte den Kopf in den Nacken, verlor mich in dem vielfarbigen Wirbel um mich herum, der mir förmlich die Füße vom Boden riß. Kim, komm, Kimme und Korn. Sie leckte, saugte, schmatzte. Es war meiner Aufmerksamkeit völlig entgangen, daß sie noch nicht einmal den Kaugummi aus ihrem Mund genommen hatte.

Plötzlich lösten sich ihre Lippen von mir, und sie richtete sich auf. »Ganz kleinen Moment«, flüsterte sie mir zu, strich mit ihrer Linken kurz über meine Brust und huschte aus dem Zimmer. Ich blieb etwas schwankend zurück, versuchte, wieder zu regelmäßigen Atemzügen zu gelangen und fragte mich, ob es der Mühe wert war, wieder um einen klaren Kopf zu kämpfen. Warum hatte sie ihr Tun so abrupt unterbrochen? Offenbar war sie kurz ins Bad geeilt – um ein Kondom zu holen? Die Anspannung in meinem Körper ließ in diesen Sekunden um keinen Deut nach, vor allem mein Schwanz wartete geradezu begierig auf ihre Rückkehr.

Endlich öffnete sie wieder die Tür zu ihrem Zimmer. Ein scharfes Klicken war zu hören, gleichzeitig flammte ein Lichtblitz vor meinen Augen auf. Ein Fotoapparat. Ich stand mit offenem Mund da. Ein zweiter Blitz. Meine Hände fuhren nach unten, bedeckten meine Erektion. Blitz. Ich griff nach meinen Hosen, die mir in den Knien hingen, riß sie nach oben – Blitz –, stürzte auf die Tür zu – Blitz –, stolperte wegen des Durcheinanders um meine Beine, die Tür flog zu, ein Schlüssel wurde umgedreht. Ich prallte gegen das Holz, hämmerte dagegen, drückte die Klinke, umsonst. Während ich meinen immer noch halb aufgerichteten Schwanz fast mit Gewalt in meine Jeans zwängte, brüllte ich nach Kim.

Endlich drehte sich der Schlüssel, die Tür ging auf. Kim sah sehr kühl aus, fast etwas zornig. Ihre Hände waren leer.

»Bist du verrückt?« herrschte ich sie an. »Was soll das? Wo hast du die Kamera?«

Sie trat in den Raum und spuckte ihren Kaugummi in einen Papierkorb. »Versteckt. An einem sicheren Ort.«

Ich starrte sie fassungslos an. »Was soll das heißen?«

»Das soll heißen, daß ich mir das nicht gefallen lasse. Die Zeiten, wo ihr Gruftis euch an jungem Fleisch bedienen könnt, nur weil ihr zufällig in einer Machtposition seid, sind endgültig vorbei. Jetzt schlagen wir nämlich zurück.«

»Aber … das kann ja wohl nicht dein Ernst sein! Die ganze Initiative ging doch von dir aus! Ich dachte, du wolltest …«

»Von meinem Lehrer gevögelt werden? Der mein Vater sein könnte? Ich glaub, es geht los! Ich habe diesmal die Spielregeln bestimmt, und damit wirst du nicht fertig. Die Tussis, die du dir früher vorgenommen hast, haben sich vermutlich alles von dir gefallen lassen. Aber ich nicht.«

»Das ist doch nicht wahr! Ich wollte doch gar nichts von dir. Ich wollte dir doch nur helfen!«

»Ich hab dich doch eben laut und deutlich gefragt, warum du hierhergekommen bist, oder? Du hast eine echt komische Vorstellung von Hilfe. Machst du das mit deinen männlichen Schülern auch so, wenn sie schlechte Noten schreiben? Komm, vergiß es! Mich legst du mit dem Scheiß jedenfalls nicht aufs Kreuz.«

Ich griff nach meinem Hemd und streifte es mir über. Nach und nach erkannte ich, daß ich mit meinen Worten zu ihr nicht durchkam. »Und was hast du mit den Bildern jetzt vor?« wollte ich wissen. »Sie als Beweismaterial benutzen, um mich auf Distanz zu halten? Sie veröffentlichen? Mich erpressen, damit ich dir gute Noten gebe?«

»Übernimm dich mal nicht. So einflußreich bist du nicht. Bist schließlich nur'n Vertretungslehrer. Wenn ich die Fotos den richtigen Leuten gebe, bist du selbst das nicht mehr lange.«

Die Hitze der sexuellen Erregung in meinem Unterleib war in den letzten Minuten in meinen Magen aufgestiegen und hatte sich dabei in Angst verwandelt. Jetzt stieg diese Hitze immer höher empor und wurde langsam Wut.

»Wo hast du die Kamera?« fragte ich, diesmal mit mehr Nachdruck in meiner Stimme.

»Hab ich dir doch schon gesagt, die ist sicher verstaut.«

»Wo du die Kamera hast, will ich wissen!«

»Kriegst du nicht, du Arschloch! Glaubst du ich laß mich von dir ...«

»Du verdammtes Miststück, du gibst mir sofort ...«

»Scheiße, vergiß es, laß mich los, du Drecksau, ich ...«

Dann rammte sie mir mit voller Wucht ihr Knie zwischen die Beine. Es war ein Gefühl, als wenn man einen Eisenträger in meinen Unterleib gerammt hätte, so daß die explosive Kraft der Erschütterung noch gegen meine Schädeldecke wummerte. Für den Bruchteil einer Sekunde wechselte die ganze Welt von Farbe in Schwarzweiß. Ich schnappte nach Luft, mein Körper krümmte sich unter mir zusammen, ich sackte in die Knie, ging zu Boden.

»Das hättest du nicht tun sollen«, hörte ich von weit oben eine Stimme hallen. »Das hättest du echt nicht bringen dürfen.«

Ich versuchte, mich von dem Teppich hochzustemmen, versank aber in den Flusen. Meine Arme waren seltsam kraftlos. Nach ein paar Sekunden nahm ich einen zweiten Anlauf, schaffte es aber nur auf die Knie.

»Ich glaube, ich muß mit dir andere Saiten aufziehen«, sagte Kim und schob mir ihre Doc-Martens unter die Nase. »Küß mir die Stiefel, du Wichser.«

Ich hatte mir den Verlauf des Abends irgendwie anders vorgestellt.

War meine Welt innerhalb einer halben Stunde dermaßen aus den Fugen geraten? Oder war ich schon nicht mehr zu retten, als ich Kim an diesem Morgen wegen ihrer schlechten Note in mein Büro zitiert hatte? Oder lagen die wahren, unabänderlichen Gründe für diese Entwicklung viel früher und viel tiefer in meiner Lebensgeschichte? In Kims? Müßige Fragen. In Zeiten des Krieges ist keine Gelegenheit zu tiefsinnigen Grübeleien, da geht es allein um das Überleben. In diesem Fall war es mein soziales Überleben, das aufs äußerste gefährdet war.

Kim zeigte mir mit einer weit ausholenden Geste das Wohnzimmer ihres Hauses. »Deine neue Wirkungsstätte«, sagte sie. »Hier fängst du zumindest an, die anderen Räume und deine anderen Aufgaben zeige ich dir später.«

»Ich verstehe nicht ganz, was du meinst. Was soll ich ...?«

»Hier saubermachen. Staubsaugen, aufräumen, Staub wischen und so weiter. Ich glaube, ich habe es in den letzten Monaten ganz schön verkommen lassen, und mir hat schon ewig davor gegraut, daß ich das irgendwann noch mal erledigen müßte. Aber jetzt hab ich ja praktischerweise einen Haussklaven.«

»Das kommt ja gar nicht in Frage! Wie stellst du dir das vor? Ich kann doch meinen Beruf als Lehrer nicht für deine Spinnereien ...«

»Paß auf, was du sagst. Du hast es noch nicht richtig mitgekriegt, und schon sind ein paar wirklich hübsche Fotos auf dem Schreibtisch deines Direktors. Ich glaub, bei dir piept's, daß du immer noch Widerworte geben mußt! Für die paar Stunden, die du als Referendar an unserer Schule sein mußt, gebe ich dir gerne frei, aber nachmittags und am Abend gehörst du mir. Hast du das gerafft?«

Ich stemmte meine Arme in die Seite und sah trotzig in eine andere Richtung.

»Ob du das gepeilt hast!?«

Ich nickte und brummelte etwas, was sie als Bestätigung entgegennahm. Die ganze Situation war absolut hanebüchen, aber mir fiel nicht das Geringste ein, wie ich mich aus ihrer Macht befreien konnte.

»Prima«, sagte sie. »Da hast du erst mal die Möbelpolitur und ein Staubtuch. Jetzt zieh dich aus und fang an.«

Ich starrte sie irritiert an. Sie blickte etwas boshaft zurück. »Guck mich nicht so an. Wir Mädels wollen auch unseren Spaß. Ich hatte immer schon mal mit dem Gedanken gespielt, mir einen dieser studentischen Nacktputz-Services ins Haus zu holen, aber hier in der Nähe gibt's ja keinen. Und für dich wäre das eine nette pädagogische Erfahrung, was für ein ätzendes Gefühl das ist, bei jedem Schritt angestarrt zu werden und diesem geilen Geglotze wehrlos ausgeliefert zu sein.«

Es sah so aus, als wenn sich unsere Rollen vertauscht hätten. Mit widerstrebenden Fingern legte ich nach und nach meine Kleidung ab und griff nach dem Staubtuch. Kim hatte sich indessen eine Bierdose aus dem Kühlschrank geholt, fläzte sich in einen Sessel und sah mir, während sie hier und da scharfe Anweisungen gab, genüßlich bei der Arbeit zu.

Eines der Grundgesetze bei der Erziehung von Kindern ist, daß du ihnen früher oder später ihre Grenzen zeigen mußt. Solange du ihnen nicht deutlich klarmachen kannst, ab welchem Punkt sie ihren Spielraum überschreiten, gehen sie mutwillig immer weiter und entwickeln dabei zuweilen eine für sich selbst und andere geradezu zerstörerische Kraft. Leider war ich nicht in der Lage, Kim *ihre* Grenzen zu verdeutlichen. Und so ging sie ungehindert immer weiter und weiter.

Zuerst ließ sie mich die verschiedensten Hausarbeiten erledigen. Da ich mich in ihrer Wohnung nur unbekleidet bewegen durfte, konnte es ihr unmöglich entgehen, wie steif mein Schwanz regelmäßig wurde, wenn immer sie mir neue Anweisungen gab oder wenn ich mich vor ihr besonders erniedrigen mußte. Mir war das ungeheuer peinlich, weil sie dadurch den Eindruck gewinnen mußte, daß mich meine demütigende Situation sexuell erregte, und sie sparte auch keineswegs mit anzüglichen Bemerkungen. Kim schien es zu gefallen, mich im Zustand der hilflosen Erregung zu sehen, denn sie hatte keine Scheu, wenn sie ins Bad oder zu Bett ging, selbst splitternackt oder nur mit einem viel zu knappen T-Shirt bekleidet, das nicht einmal ihre Brüste völlig verdeckte, über den Flur zu wandeln. Dabei blieb es aber klar, daß, während sie frei über mich verfügen durfte, sie für meine Gelüste unerreichbar blieb, eine unberührbare Göttin, die einer Vision gleich immer wieder unerwartet vor mir auftauchte. Ich konnte ihren schlanken, mädchenhaften Körper nur mit großen Augen anstarren, während sie für meinen Bauch und meine krummen Beine nur abfälligen Spott übrig hatte. »Was willst du eigentlich?« fragte sie mich. »Selbst wenn ich dich ranlassen würde, du wüßtest ja nicht einmal richtig, was du mit mir anstellen solltest.« Mittlerweile glaubte ich sogar selbst, daß sie damit recht hatte.

Außerdem versuchte ich, ihr bei ihren Hausaufgaben für die Schule zu helfen, merkte aber bald, daß sie mir in allen naturwissenschaftlichen Fächern weit überlegen war. Immer wenn ich bei dem Versuch, ihr bei einem Problem zu helfen, eine besonders dämliche Bemerkung machte, stieß sie mir mit Wucht ihre Bleistiftspitze in die Eichel, daß ich heftig zurückzuckte. Nach und nach begann ich, ihre Herrschaft über mich zu akzeptieren.

Abends lag sie lang ausgestreckt auf einem Liegesessel, während ich an ihrer Seite kniete und ihr mit mittlerweile zitternden Armen eine Schachtel Pralinen darbot. Sie verschlang genießerisch eine nach der anderen – »Mmm, Nougat. Ich *mag* Nougat!« –, während sie die Fernsehprogramme durchzappte. Eine Sechzehnjährige aus Münster berichtete von ihrer Schönheitsoperation. Ein Berliner Professor stand unter dem dringenden Verdacht, seine Doktorandinnen sexuell belästigt und erpreßt zu haben. In Frankreich eskalierte die Gewalt an den Schulen, Lehrer wurden zusammengeschlagen und begannen, um Leib und Leben zu fürchten. In Japan verkauften rund 10 000 Minderjährige getragene Unterwäsche für 15,- DM das Stück, außerdem Schamhaare und abgeschnittene Fingernägel. Zwischendurch Reklameunterbrechungen, in denen sportliche junge Mädchen durchs Bild hüpften. Irgendwie war es beruhigend, daß nicht nur meine Welt aus den Fugen war. Es war, als stünde ich im Zentrum, als sei ich das Opfer von nicht nur *einem* niemals ausdrücklich erklärten Krieg, sondern von zweien. Auf Viva war das sadomasochistische Abschiedsvideo von Take That zu sehen.

Als ich das erste Mal erfahren mußte, daß sich Kim auch durch meine Anwesenheit keineswegs davon abhalten ließ, Besuch zu empfangen, fuhr mir ein ziemlicher Schreck durch die Glieder. Ich stand nackt mitten im Wohnzimmer, das Staubtuch noch in der Hand, als ich plötzlich eine Männerstimme im Flur hörte. Daraufhin vernahm ich Kims freudige Begrüßung, dann schienen die beiden die Treppe hinaufzugehen. Wenig später ertönte durch Kims offene Zimmertür lautes und lustvolles Stöhnen. Sie zumindest hatte ihren Spaß und wollte anscheinend, daß ich das auch mitbekam.

Nach einer halben Stunde hielt ich es nicht mehr länger aus, meine eigene Erregung zu unterdrücken. Ich zog mich in den Waschkeller zurück, lehnte mich mit dem Rücken gegen die rauhe Wand und schloß die Augen. Meine Hand fuhr mit gierigen Bewegungen an meinem Schwanz auf und ab. Ich konnte nur an Kim und an meine Erniedrigung unter ihrer Knute denken. Endlich ejakulierte ich. Ein Teil des Spermas traf meine Beine, das meiste fiel dazwischen zu Boden. Als ich meine Augen wieder öffnete, sah ich direkt in Kims Gesicht. Dann traf mich die Ohrfeige.

»Was geht denn hier ab?« zischte sie. »Bist du vielleicht hier, um mir die Bude vollzuwichsen? Mann, du bist ja echt voll eklig! Mach das hier gefälligst au-gen-blick-lich sauber!«

»J-ja, gut.« stotterte ich. Meine Wange brannte – nicht nur wegen ihres Schlages, sondern auch wegen der Scham, auf diese Weise ertappt worden zu sein. »Ich hole sofort einen Lappen und …«

»Spinnst du? Schlimm genug, daß du deine Schweinereien auf meinen Fußboden machst, willst du dein widerliches Zeug auch noch auf meinen Lappen verteilen? Ich glaub's wohl!«

»Aber wie soll ich …?«

»Na wie wohl? Los, Blödhammel, geh auf die Knie und leck das auf!«

Ich starrte sie fassungslos an. Es war ihr voller Ernst. Langsam ließ ich meine schwankenden Beine einknicken, bis ich vor Kim und über meinem Ejakulat kauerte. Sie scharrte ungeduldig mit dem Fuß. Ich beugte meinen Kopf immer weiter nach unten, streckte widerwillig meine Zunge heraus und leckte in den nächsten Sekunden mein eigenes Sperma vom Boden. Das war die demütigendste Erfahrung in meinem bisherigen Leben, aber noch nicht einmal der Höhepunkt meiner Erlebnisse unter Kims strenger Herrschaft.

»Na siehst du«, sagte sie, jetzt mit zuckersüßer Stimme. »Gut machst du das. Ob wir dich am Ende doch noch stubenrein bekommen, hm? Daß mir so was nicht wieder vorkommt!«

Ich leckte. Erniedrigt. Wehrlos. Angewidert von mir selbst.

Nach dieser Aktion hatte ich auch den letzten Respekt bei meinem einstigen Schützling verloren. Ihre Wünsche und Anordnungen gingen immer weiter und weiter. Und ich war ihren Gelüsten und Quälereien hilflos ausgeliefert. So steckte sie mich zum Beispiel nackt, geknebelt und die Hände hinter dem Rücken gefesselt in den Bettkasten unter ihrer Matratze, bevor ihr Freund erschien und die beiden sich direkt über mir die Seele aus dem Leib vögelten. Kims Lustschreie ganz dicht an meinem Ohr, ich selbst hilflos und verzweifelt – ich wurde fast wahnsinnig! Ein anderes Mal verlangte sie von mir, daß ich, wenn ich morgens zur Schule ging, nichts an meinem Körper tragen sollte als ein Oberhemd und meine engsten Jeans, die mir im Schritt rieben und jegliche sexuelle Erregung überdeutlich verrieten. Als ich vor Kims Klasse Geographie unterrichtete, bat mich der kleine Teufel dann mit zuckersüßer Stimme von ihrer Hinterbank aus, mir doch noch einmal zu zeigen, wo genau der Jenissei verlief, hatte sich dabei in eine bewußt aufreizende Position gebracht und den Träger ihres Shirts scheinbar unabsichtlich so weit herabrutschen lassen, daß ich weit mehr als nur ihre Schulter sehen konnte. Mit leicht gerötetem Kopf mußte ich von der Deckung des Pultes zur Karte treten, und während mein Zeigefinger den Verlauf des russischen Flusses markierte, zeigte ein anderer Teil meines Körpers unübersehbar auf den südlichen Irak. Einige in der Klasse tuschelten und raunten. Kims Lächeln verriet eine diebische Freude.

Ich hatte in all dieser Zeit nicht aufgehört, heimlich nach den belastenden Fotos zu suchen, mit denen allein Kim mich auf diese unerträgliche Weise im Griff hatte. Gelegenheit genug hatte ich dazu ja, so intensiv, wie ich mich um ihr Haus zu kümmern hatte. An einem Nachmittag, als ich mich gerade an den Schubladen von Kims Schreibtisch zu schaffen machen wollte, hörte ich plötzlich Schritte auf der Treppe. Schritte, die von mehr als einer Person zu stammen schienen. Außerdem leises Tuscheln und unterdrücktes Gekicher. Ich fuhr hoch, als die Zimmertür geöffnet wurde – und schlug blitzschnell die Hände vor mein Geschlecht, das schon auf halbem Weg zu einer spontanen Reaktion war. Vor mir standen, angeführt von Kim, vier, nein fünf zum größten Teil keineswegs unattraktive Mädchen in ihrem Alter. Mit einem unbekümmerten Lachen machte Kim eine Handbewegung in meine Richtung wie ein Zirkusdirektor, der auf einen besonders grotesken Teil seiner Vorführung aufmerksam machen möchte. Ich stand erstarrt und kam mir vor wie in einem zum gräßlichsten Alp entstellten Wunschtraum. Die Mädchen musterten mich ungläubig.

»Na?« fragte Kim mit einem verschmitzten Augenaufschlag. »Ist doch voll heiß, oder?«

Ich versuchte, etwas zu sagen, aber mehr als ein Keuchen kam nicht über meine Lippen. Eines der Mädchen kannte ich sogar. Sie hieß Monika, war ebenfalls in Kims Klasse, hatte ein hübscheres Gesicht als sie, stellte jedoch ihren Körper nicht so sehr zur Schau wie ihre Kameradin. Bisher hatte ich sogar den Eindruck gehabt, daß ich ein wenig zu ihrem heimlichen Schwarm geworden war, aber daß sie mich so sah, mußte dieses Gefühl schlagartig beendet haben. Ich hätte vor Scham im Boden versinken mögen.

Die nächsten Stunden kann ich beim besten Willen nicht in angemessener Form wiedergeben. Ich nahm sie nur wie durch einen roten Nebel wahr und tat automatisch alles, was Kim mir sagte. Alles war heiß, mein Körper kochte. Kim stellte mich als ihren Haussklaven vor, ließ sich und ihren Freundinnen von mir Kaffee machen und sie bedienen. »Erzähl ihnen, wie gut du es bei mir hast!« neckte sie mich. Sehr bald stellte sich aber heraus, daß für drei der Mädchen, obwohl Kim sie darauf vorbereitet haben mußte, die Situation fast ebenso verstörend war wie für mich. Sie verabschiedeten sich sehr schnell und beschlossen offenbar, Kims wilden Geschichten kein Wort zu glauben und mich für einen alternden Callboy zu halten, den sie für teures Geld zu einem ungewöhnlichen Auftritt engagiert hatte, um vor ihnen anzugeben oder sie zu verarschen. Nachdem sie sich verächtlich über mich und meine Vorführung geäußert hatten, verließen sie das Haus. Außer Kim blieben lediglich Monika, die mich kannte, aber bisher kein Wort gesagt hatte, und ein weiteres Mädchen zurück.

Kim zuckte ärgerlich mit den Schultern. »Wer nicht will, der hat schon. Wir hätten tierisch Spaß mit ihm haben können, unterwerfungstechnisch und so.«

»Er tut wirklich alles, was du von ihm verlangst?« fragte Monika.

»Alles.«

»Angenommen, du würdest ihm befehlen, vor mir zu knien und meine Stiefel sauberzulecken?«

Kim sah mich auffordernd an. Nach kurzem Zögern ging ich in die Knie. Monika trug knöchelhohe Wildlederstiefelchen. Das Material fühlte sich sehr weich an. Als ich mich wieder aufrichtete, hatte Monika ein Funkeln in ihren Augen, das ich nicht ganz einordnen konnte.

»Das langt ja wohl zur Demonstration, oder?« fragte Kim. »Ich hab jetzt aber irgendwie echt keine Lust mehr. Kommt, ich bringe euch raus.«

Ohne weitere Erklärungen brachte sie ihre Schulkameradinnen nach unten. Ein paar Minuten, nachdem sie gegangen waren, hörte ich ein zweites Mal die Tür schlagen: Auch Kim wollte offenbar eine Zeitlang alleine und in Ruhe gelassen bleiben. Ich ließ mich auf das Sofa in ihrem Zimmer fallen und wartete, bis das Rauschen in meinen Ohren nachließ. Als ich wieder zu mir gekommen war, machte ich mit noch verzweifelterem Feuereifer daran, das Haus nach diesen verdammten Fotos auf den Kopf zu stellen.

Meine Suche wurde zunächst nicht von Erfolg gekrönt. Kim ging ein paar Tage später dazu über, meine Dienste als Chauffeur in Anspruch zu nehmen, das hieß, daß ich sie abends zu irgendwelchen Discos bringen und spät in der Nacht wieder abholen sollte. Wenigstens war sie vernünftig genug, mich dabei voll angekleidet zu lassen. Bei der Gelegenheit lernte ich weitere männliche Freunde von ihr kennen. Ich weiß nicht, was genau sie ihnen erzählte, konnte aber durch die ohrenbetäubende Musik aus den Lautsprechern hindurch – Britney Spears, No Angels – Gesprächsfetzen aufschnappen, denen zufolge sie sich ziemlich über mich lustig machten. Auch Monika war fast immer dabei; während Kim hinten herumalberte, saß sie neben mir auf dem Beifahrersitz und warf mir Blicke zu, in denen ich weniger Begierde, weniger Amüsement, weniger Verachtung als vielmehr eine gewisse leise Sympathie zu erkennen glaubte. Wie ich schon sagte, sie war eine sehr gute Schülerin, und bevor die ganze Geschichte aus den Fugen zu geraten begann, waren wir prima miteinander zurechtgekommen.

Einmal hatte Kim von ihrem Deutschlehrer als Hausaufgabe bekommen, eine utopische Geschichte zu entwerfen, die eher auf dem Konzept einer anderen Gesellschaft als auf technisch hochentwickelten Science-Fiction-Gimmicks beruhen sollte. Ich erledigte die meisten Schularbeiten für Kim, zumindest die, die nicht auf naturwissenschaftlichem Gebiet lagen. Diesmal teilte sie mir jedoch genau mit, was für eine Geschichte ich schreiben sollte: »Stell dir vor, da ist eine Welt, wo die Frauen endlich einmal die unumschränkte Herrschaft übernommen haben. Eines der ersten Dinge, das sie tun, ist, den Männern die Schwellkörper aus ihrem Schwanz heraus- und in ihre Zunge hereinzuoperieren. Das bedeutet, immer wenn so ein Kerl sexuell erregt ist, schwillt ihm die Zunge im Mund so an, daß er kein Wort reden kann, und er muß sie heraushängen lassen, damit sie wieder abkühlt und die Schwellung zurückgeht. Stell dir vor, du wärst Lehrer in so einer Welt. Immer, wenn ich dich etwas fragen würde, müßtest du die Antwort vermutlich an die Tafel schreiben, weil du nur noch lallen könntest. Oder stell dir vor, du wärst Verkäufer für Damenklamotten. Es gibt bestimmt Frauen – wenn sie Aggressionen gegen Männer abreagieren wollen, ziehen sie sich voll scharf an, mit dunklen Strumpfhosen und viel zu kurzem Rock, und lassen sich von dir bedienen. Und du mußt hechelnd hinter deiner Kundin herlaufen, und sie quält dich mit ihren ach so unschuldigen Fragen, obwohl sie weiß, daß du kein Wort darauf antworten kannst. Das ist doch eine coole Vorstellung, findest du nicht?«

In einer Nacht rief sie mich gegen fünf an, damit ich sie aus ihrer Disco abholte. Ich brachte sie nach Haus, wo ich mich wie üblich wieder entkleidete, brachte ihr auf ihren Wunsch hin noch etwas zu trinken und schlug ihr das Bett auf. Zuletzt befahl sie mir, ihr noch schnell die Morgenzeitung zu bringen, die ihrer Schätzung nach schon seit einer halben Stunde im Briefkasten stecken mußte. Ich wollte mir etwas drüberziehen, aber das verbat sie mir; sie wolle nicht ewig warten. Ich versuchte, ihr klarzumachen, daß mir das viel zu riskant sei – was, wenn die Zeitungsbotin ihre Runde ausnahmsweise eine halbe Stunde später machte oder ein anderer Nachtbummler oder Frühaufsteher gerade zu diesem Zeitpunkt auf Streifzug war. Kim aber meinte nur, dieses Risiko sei denkbar gering, außerdem dulde sie von mir keinerlei Widerrede mehr. Also öffnete ich vorsichtig die Haustür, lugte durch den Spalt, lauschte, hörte nichts außer der Stille der Nacht. Ich konnte mir selbst kaum erklären, warum ich das alles mit mir machen ließ, aber in den nächsten Sekunden huschte ich splitterfasernackt die Marmorstufen des Eingangs herab und hastete mit wild schlagendem Herzen quer durch den Vorgarten zum Zeitungsrohr. Hektisch griff ich hinein, tastete wie wild darin herum. Es war leer. Mein Herz setzte fast aus. Irgendwo schlug ein Hund an. Ich blickte hysterisch umher, als erwartete ich, daß die Zeitungsbotin mit weit aufgerissenen Augen nur ein paar Meter entfernt stünde. Aber die Straße war menschenleer. Ich rannte zurück zur Haustür. Sie war verschlossen.

Ich preßte meinen nackten Körper gegen das Holz und drückte die Klingel. Einmal, zweimal. Keine Antwort. Mir brach der kalte Schweiß aus. Das durfte doch nicht wahr sein! Ich rannte um das Haus herum auf der Suche nach einem zweiten Einlaß. Keine Chance. Im ersten Stock brannte Licht in Kims Zimmer. Ich rief ihren Namen mit fast versagender Stimme, konnte ja kaum durch die Nacht brüllen und die halbe Nachbarschaft aufwecken. Nicht die Spur einer Reaktion. Ich lief wieder zur Haustür und klingelte Sturm. Es war eine Sommernacht und nicht sehr kalt, aber meine Stirn war schweißnaß, als wenn tropische Hitze herrschte. Nach und nach sickerte es zu mir durch, daß sie mich absichtlich ausgesperrt hatte.

Endlich tat sich doch etwas. Das Küchenfenster in der Nähe des Eingangsbereiches wurde gekippt. Ich lief hinüber und rief erneut Kims Namen. Diesmal antwortete sie.

»Hast du die Zeitung?« wollte sie wissen.

»Nein, verdammt. Sie ist noch gar nicht da. Laß mich wieder rein – bitte!«

»Uups, da muß ich mich in der Zeit verschätzt haben. Ohne die Zeitung kommst du mir auf jeden Fall nicht rein. Klingel erst wieder, wenn sie da ist, klar? Reich sie mir hier durch, dann laß ich dich auch wieder ins Haus!« Damit schloß sie das Fenster.

Ich war wie vor den Kopf geschlagen. Mir blieb natürlich nichts anderes übrig, als zu gehorchen. Nackt, wie ich war, kauerte ich mich in einer Ecke des Gartens nieder und hoffte, daß ich von niemandem entdeckt wurde, während die Dunkelheit zunehmend der Dämmerung Platz machte, auch diese nach und nach wich, als sich die frühen Strahlen der Sonne über den Horizont schoben. Das erste Auto brauste vorbei, nicht lange danach ein weiteres. Es kam mir vor, als wären Stunden vergangen, als ich endlich Schritte auf dem Gehweg hörte, dann das Geräusch von Papier, das in ein Metallrohr geschoben wird. Ich wartete eine Minute, nahm dann meinen letzten Mut zusammen, rannte los, schnappte mir die Zeitung, patschte die Treppenstufen zur Haustür hoch und klingelte Sturm. Keine Reaktion. Wenn sie mittlerweile eingeschlafen war …! Endlich öffnete sich aber die Tür, Kim nahm die Zeitung entgegen und ließ mich eintreten.

»Du Biest!« zischte ich sie an, wiewohl ich nackt und schlotternd nicht sehr bedrohlich aussehen konnte.

Sie lächelte nur. »Da siehst du, was passiert, wenn du nicht brav bist.«

»Wieso? Was hast du denn jetzt schon wieder?«

»Komm schon – hältst du mich für verblödet? Glaubst du, ich merke das nicht, wenn du auf der Suche nach meinen Fotos das ganze Haus auf den Kopf stellst? Laß das in Zukunft gefälligst bleiben, oder du wirst mich mal richtig kennenlernen!«

Mit diesen Worten tappte sie die Treppe hoch und ließ mich im Flur stehen. Sie hatte mich ausmanövriert. Ohne Zweifel befanden sich die Abzüge längst an einem sicheren Ort. Und ich konnte nichts tun, um mich aus meiner Versklavung zu befreien.

Die Pizzeria war nur sehr spärlich besucht. Ich hatte eine Calzone vor mir stehen, sie eine Frutti di Mare.

»Du mußt mir helfen«, versuchte ich ihr klarzumachen.

Sie nahm einen Schluck Wein. »Und wie stellst du dir das vor?«

»Du bist doch ihre beste Freundin, denke ich. Du mußt doch eine Möglichkeit finden, aus ihr herauszubekommen, wo sie die Fotos versteckt hat.«

»Und meine beste Freundin hintergehen? Warum sollte ich das tun?«

»Monika, es muß dir doch klar sein, daß es nicht ewig so weitergehen kann. Kim kann sich doch nicht über Monate hinweg ihren eigenen Lehrer ...«

»... als ihren Sklaven halten?«

»Darauf läuft es letzten Endes hinaus, ja. Wir bewegen uns auf eine Katastrophe zu, Kim genauso wie ich.«

»Ich sehe bis jetzt keine Gefährdung, die Kim betrifft.«

»Doch. Wenn das herauskommt, was hier passiert, dann sind wir beide dran. Und mit der Unbekümmertheit, wie sie immer mehr fremde Leute hereinzieht, ist es nur noch eine Frage der Zeit, bis unser kurioses Verhältnis auffliegt. Ein Wunder, daß die anderen Mädchen noch nichts ausgeplaudert haben. Die Konsequenzen wären dann auch für sie höchst unerfreulich.«

»Vielleicht ist ihr das egal. Sie scheint das Risiko ja zumindest in Kauf zu nehmen.«

Ich seufzte und legte das Besteck zusammen. »Heißt das, ich kann von dir keinerlei Hilfe erwarten? Monika, die Situation wird mit jedem

Tag grauenvoller für mich. Du kannst dir ja gar nicht vorstellen, was sie sich alles einfallen läßt, ohne daß ich das geringste dagegen unternehmen kann. Du mußt mir helfen!«

»Ich verstehe immer noch nicht, wie du gerade auf mich kommst.«

Ich holte tief Atem. »Weil ich den Eindruck habe, daß wir ... sehr gut miteinander zurechtkommen. Monika, ich mag dich sehr. Und ich habe den Eindruck, daß ich dir auch nicht ganz unsympathisch bin.«

Sie lachte leise. »Soso, Sie mögen mich, Herr Lehrer. Und angenommen, ich helfe Ihnen aus dieser Misere ...?«

»Dann wäre ich endlich in der Situation, dir meine Zuneigung etwas deutlicher unter Beweis stellen zu können.«

Ich wußte, daß ich hier eine riskante Partie spielte, glaubte aber nicht, in meiner Lage noch einen wesentlichen Verlust befürchten zu müssen. Ich war mir sicher, daß Monika ein klein wenig verknallt in mich gewesen war, und ich war übel genug dran, keinerlei Skrupel zu haben, dieses Gefühl ein bißchen auszunutzen. Schließlich fand ich sie auch sehr nett, und wenn ich in ihren Armen landen mußte, um Kims Krallen zu entkommen, dann war das ein Preis, der durchaus im Rahmen des Vertretbaren war.

»Also gut«, sagte sie und schob ihren Teller zurück. »Ich denke darüber nach.«

Am darauffolgenden Freitag hatte Kim mir wieder einmal befohlen, mich um das Mittagessen zu kümmern. Sie wünschte sich eine Hühnerbouillon, in die mehrere Eier eingeschlagen waren. Schon früh hatte sie gemerkt, daß meine Kochkünste nicht sehr großartig waren. Ich hatte gerade den Topf vom Herd gestellt, als die Türglocke ertönte.

»Ich mach auf. Nimm einen Teller mehr aus dem Schrank«, sagte Kim beiläufig. »Wir werden einen Gast haben.«

Nervös klapperte ich mit den Tellern. Einen Gast. Was hatte das Biest jetzt wieder vor? Da ich meine Dienste hier immer noch völlig unbekleidet verrichten mußte, hegte ich die Befürchtung, daß unser gemeinsames Mittagessen wieder einmal zu meiner Vorführung ausarten würde – und damit fast mit Sicherheit mit neuen Demütigungen verbunden war. Und ich besaß immer noch nicht die Möglichkeiten, mich dagegen zur Wehr zu setzen.

Als ich das Tablett mit den drei dampfenden Tellern hinaus in den Speiseraum brachte, erkannte ich, daß es sich bei unserem Mittagsgast um Monika handelte. Sie begrüßte mich mit einem verhaltenen Lächeln. Ansonsten blieben die beiden Mädchen stumm, während meine zitternden Hände ihnen die schwappende Bouillon vorsetzten. Mein Schwanz war unwillkürlich zu seiner vollen Größe erigiert, was mir unglaublich peinlich war.

Nachdem ich auch die Löffel verteilt hatte, wollte ich mich an meinen Platz begeben, aber Kim hieß mich mit einer herrischen Handbewegung stehenbleiben.

»H-habe ich noch was vergessen?« fragte ich verunsichert.

Die beiden musterten mich wortlos. Endlich begann Kim zu sprechen. »Ich hatte gestern ein kleines Telefonat mit Monika.«

»J-ja – und?«

»Sie hat mir mitgeteilt, daß du mit deiner Stelle als mein Bediensteter nicht ganz zufrieden bist.«

Ich starrte Monika wütend an. Sie schlug kokett die Augen auf, als könne sie kein Wässerchen trüben. Ich hätte damit rechnen müssen, daß diese beiden zusammenhalten würden.

»Du wolltest meine beste Freundin dazu benutzen, mich zu hintergehen und herauszuspionieren, wo ich die Fotos von dir versteckt halte«, stellte Kim fest. »Das ist echt kraß. So was kann ich auf keinen Fall durchgehen lassen, findest du nicht? Du als Lehrer würdest ja auch jeden Schüler bestrafen, der bei der Arbeit zu mogeln versucht.«

Ich wußte nicht, was ich antworten sollte.

»Ich werde dir später noch eine kleine Strafarbeit deswegen aufgeben. Vielleicht einen fünfzehnseitigen Besinnungsaufsatz ›Warum ich gar nicht erst zu versuchen brauche, meine Herrin zu hintergehen‹, hm? Aber wir werden erst einmal damit beginnen, daß du dir vor meinen und Monikas Augen einen runterholst. Jetzt und hier. Das Wichsen kann für dich keine so schlimme Strafe sein, du machst es ja ständig.«

Monika lehnte sich erwartungsvoll in ihrem Stuhl zurück, wieder mit diesem leichten Lächeln in ihren Zügen.

»Worauf wartest du? Los, fang an!«

Meine Hand bewegte sich langsam zu meinem Schwanz, umfaßte ihn schließlich, begann, ihn auf- und abzubewegen. Monika beugte sich wieder vor, kreuzte die Hände und betrachtete mich mit einer Faszination, von der ich nicht sagen konnte, ob sie gespielt war oder nicht.

»Siehst du«, sagte Kim, »es hat überhaupt keinen Sinn, daß du meiner Freundin irgendwelche romantischen Versprechungen machst. Solange du mein Lustsklave bist, mußt du auch für sie sowieso alles tun, was ich von dir verlange. Du bist nichts weiter als ein Hengst, der unsere Bedürfnisse befriedigt. Oh, das ging aber schnell!«

Ich ejakulierte vor den Augen der beiden Mädchen. Die Fontäne meines Spermas beendete ihren Bogen in der Bouillon, die vor mir stand.

»So.« Kim griff nach ihrem Löffel. »Und jetzt essen wir alle.«

Ich warf ihr einen fassungslosen Blick zu. Sie machte eine auffordernde Bewegung mit ihrem Kopf, und ihre Miene ließ keinen Widerspruch zu. Ich nahm meinen Löffel in die Hand, tauchte ihn in die Brühe, in der nicht nur das hineingeschlagene Ei seine gelblich-weißen Fäden zog. Eine Welle des Ekels stieg in mir hoch. Die beiden betrachteten mich erwartungsvoll. Ich führte den ersten Löffel langsam zum Mund, dann den zweiten, den dritten.

Kim und Monika verzogen die Lippen zu einem mokanten Lächeln, als wollten sie zueinander sagen: Wie unglaublich beschränkt er doch ist. Der Rest des Essens verlief schweigend.

Der Raum, in dem ich mit nacktem Unterkörper und gespreizten Beinen saß, war halbdunkel. Ich fragte mich, woher ein Mädchen in Kims Alter nur all diese Leute kannte. »Bodypiercing« – natürlich hatte heutzutage jeder schon einmal davon gehört, aber ich zum Beispiel hätte keine Ahnung gehabt, wo in Wiesbaden man so etwas vornehmen lassen konnte.

»Du brauchst keine Angst zu haben«, versicherte mir Kim. »Du wirst nirgendwo durchbohrt werden. Das einzige, was hier passiert, ist, daß dir ein kleiner Metallring umgelegt wird.«

Der Glatzkopf mit dem krausen Bart kniete zwischen meinen Beinen, damit er um den Schaft meines Gliedes herum Maße nehmen konnte. Die Situation war fast medizinisch und so unerotisch, daß mein Schwanz locker herunterhing. »Und Sie haben sich das wirklich gut überlegt?« fragte er Kim, als er sich wieder aufrichtete. »Wir haben das alles am Telefon ja eingehend besprochen.«

Schade, daß mit mir niemand etwas besprochen hatte.

»Selbstverständlich«, antwortete Kim. »Machen Sie alles nur so, wie wir es vereinbart haben. Mit der Gravur und allem.«

»Gravur?« fragte ich.

»Natürlich!« strahlte Kim mich an. »Genau wie Ehepaare in ihren Ringen eine Gravur mit dem Hochzeitsdatum haben. Ein Zeichen dafür, daß einer den anderen niemals verlassen wird. Und auch bei dir möchte ich ein- für allemal verhindern, daß du irgendwann mal wieder Böcke kriegst, dich einfach abzusetzen.«

Als wir den Laden endlich verließen, stellte ich fest, was für ein komisches Gefühl es war, zwischen meinen Beinen das Metall des Ringes zu spüren, auf dem nur ein einziges Wort eingraviert war. Ein Wort aber, das mein weiteres Leben bestimmen sollte. Das Wort, das ›SKLAVE‹ lautete.

Kaum hatte ich mich zu Hause wieder entkleidet (Kim fand, daß mir der Ring sehr gut stand – wie der Ring am Fuße einer Brieftaube, der ihren Besitzer anzeigte), befahl sie mir, ihr alles für ein Bad zurechtzumachen. Ich ließ das Wasser einlaufen, sparte nicht mit Schaum, legte Seife und Handtücher zurecht. Ich hatte gerade alles so weit fertig, als sie das Badezimmer betrat. Splitternackt.

Ich konnte meinen Blick nicht von ihrem atemberaubend schönen Körper losreißen: die langen Beine, der flache Bauch, die wohlgeformten Brüste, die matte Bräune ihrer zarten Haut. Mir blieb fast der Atem weg. Das Blut schoß in meinen Schwanz, und nur mein Sklavenring schien es zurückzuhalten und zu verhindern, daß ich eine Erektion bekam. Kim sah mich mit einem herrisch-triumphierenden Lächeln an, als sie vor mir in die Wanne glitt. Ich wußte nicht, was ich mit meinen Händen anfangen sollte, schob einen Waschlappen nervös von einem Ort zum anderen. Dann deutete ich mit dem Kopf eine Verbeugung an und wollte den Raum verlassen.

»He, nicht so schnell!« hielt mich Kim gutgelaunt zurück. »Du wirst mich jetzt erst einmal ordentlich abseifen.«

»Was?« keuchte ich überrascht.

»Nun mach schon. Das ist ein Befehl, Blödmann!«

Völlig irritiert griff ich nach dem Seifenstück. Was hatte sie jetzt wieder vor? Wollte sie sich nur von mir verwöhnen lassen, oder sollte das die Einleitung zu einem neuen Akt der Verführung werden? Ich seifte den Lappen ein, fuhr dann damit über Kims wohlgeformte Schultern. Ihre Haut unter meiner Hand.

»Fester!« sagte sie. »Ich bin nicht aus Glas, Mensch!«

Ich spülte den Lappen aus, seifte ihn erneut ein. Sollte ich jetzt tatsächlich … aber offenbar verlangte sie das von mir. Also bewegte sich meine Hand jetzt über ihre Brüste. Sie ließ es tatsächlich geschehen. Ihr Körper, so unvermittelt unter meinen Fingern – fast schien sich eine elektrische Spannung zwischen uns beiden aufzubauen. In mir wallte ein sexuelles Verlangen auf, das ich nicht mehr kontrollieren konnte.

Das war der Augenblick, als sich der Ring um meinen Schwanz bemerkbar machte.

Er konnte das Blut nicht mehr davon abhalten, in mein Glied zu strömen. Es begann anzuschwellen, vergrößerte dabei den Druck des Ringes schlagartig um ein Vielfaches. In diesem Moment begann der Schmerz. Ich schnappte nach Luft, versuchte das Anwachsen meiner Erektion unter Kontrolle zu bekommen. Kims Körper bewegte sich lasziv unter meiner Hand. Mit dem Blut schoß der Schmerz so stark in meinen Schwanz, als ob er abgerissen werden würde.

»Hast du irgendwelche Probleme, Alter?« Kim hatte den Kopf zurückgelehnt und räkelte sich im Wasser, anzüglich lächelnd. »Na los, mach weiter. Glaubst du, ich will den ganzen Abend hier drinnen verbringen?«

Jetzt war mir klar, welches Spiel sie diesmal spielte. Sie wollte mich für mein Verlangen nach ihr bestrafen. Zuerst hatte sie das getan, indem sie mich zum Objekt ihres Verlangens gemacht hatte, jetzt, indem sie mir teilweise Befriedigung meiner Sehnsüchte gewährte, diese Erfüllung aber nicht in Lust enden ließ, sondern in Schmerz. Wieder mußte ich meine Hand in das Wasser tauchen. Jetzt war Kims Bauch an der Reihe. Mein Schwanz stand in Flammen. Als nächstes kam ich an die Stelle zwischen ihren Beinen.

»Weißt du eigentlich, was für ein verdammter Glückspilz du bist?« fragte sie mich mit maliziöser Stimme. »Ein Lehrer, der seiner Schülerin zwischen die Beine gehen darf. Du solltest dich dafür eigentlich bei mir bedanken.«

Ich preßte die Zähne zusammen und versuchte, meine Arbeit zu Kims Befriedigung auszufüllen. Es war unmöglich, das Aufbrausen meiner Geilheit zu verhindern. Ich gab mir verzweifelte Mühe, meine Gedanken unter Kontrolle zu bringen, aber Kims Körper brannte sich regelrecht in meinen Geist. Ich krümmte mich regelrecht über ihr. Der Schmerz hatte mittlerweile ein solches Ausmaß erreicht, daß mir Tränen in den Augen standen. Und dabei konnte ich nur hoffen, daß nach dieser Aktion keine anhaltenden Schädigungen zurückbleiben würden. Aber wie hätte ich meine Gefühle unterdrücken können, während ich hier gezwungen wurde, die Beine und Füße von einem solchen Mädchen einzuseifen? Wie sehr hätte ich mir gewünscht, dies unter völlig anderen Umständen tun zu dürfen! Ich stöhnte vor Schmerz. Kim stöhnte ebenfalls. Wollüstig.

Endlich war die Prozedur beendet. Kim erhob sich aus der Wanne. Glänzend schimmerte das Wasser auf ihrer Haut. Halb auf den Knien reichte ich ihr ein Handtuch, woraufhin sie mir klarmachte, daß sie das Abtrocknen natürlich ebenfalls von mir erwartete. Ihr Körper bog sich unter meinen Fingern. Ich hätte schreien können, bis sie endlich trokken war.

»Räum das hier auf«, sagte sie schließlich und stolzierte hinaus. Ich blieb zurück in meiner Mischung aus Lust und Schmerz, ließ mich neben der Wanne zu Boden sinken. Langsam ging die Erektion zurück, und wenigstens der Schmerz ließ nach. Nur das Feuer meiner Geilheit, das sie in meinem Körper entfacht hatte, konnte ich nicht zum Erstikken bringen, vielleicht nie wieder. Es war ein Alptraum.

Ich war mit dem Bad gerade fertig, als ich die Türglocke hörte. Kim eilte die Treppe hinab. Es war ihr junger Freund, mittlerweile kannten wir uns flüchtig, obwohl er nicht wußte, welche Rolle ich hier spielte. Kim wollte ihn nicht verschrecken, also erlaubte sie mir, meine Kleidung zu tragen, wenn er im Haus war. Vermutlich hielt er mich für einen Domestiken. Ich zog mir etwas über und trat in den Flur, um ihm zum Gruß die Hand zu schütteln, wie Kim es von mir erwartete. Ich sah, daß sie sich mittlerweile zum Ausgehen fertiggemacht hatte; sie trug einen zu engen Rock und eine fast durchsichtige Bluse.

Bevor sie loszogen, machten es sich die beiden noch für einen Moment im Wohnzimmer bequem. Kim befahl mir, ihnen etwas zu trinken zu bringen. Als ich zurückkehrte, hatte der junge Kerl bereits seine Hand unter Kims Bluse und seinen Mund an ihrem Nacken. Sie schnurrte genießerisch, offenbar hatte ich sie schon ein wenig in Stimmung gebracht. Die beiden ließen sich auch nicht stören, als ich die Getränke einschenkte. Ich kam mir vor wie ein kastrierter Ehemann, der mit zusehen mußte, wie es jemand anderes mit seiner Frau trieb.

Endlich hatten sich die beiden entschlossen aufzubrechen. Kim ließ sich von mir noch in die Jacke helfen, während ihr Freund schon an seinem Wagen war. Zuletzt drehte sie sich noch einmal zu mir um.

»Ich hoffe, dir hat das eben im Bad genausoviel Spaß gemacht wie mir«, hauchte sie. »Das war doch das, was du immer von mir wolltest, oder?« Unvermittelt drängte sie ihren Körper gegen meinen und preßte ihre Lippen gegen meinen Mund. Ich spürte ihre Wärme, ihre Haut – und sofort meinen rasenden Schmerz. Augenblicklich ging ich unter ihren streichelnden Fingern in die Knie, während sie mich noch unschuldig-verführerisch anlächelte. Es war kaum zu glauben. Sie hatte mich jetzt so weit unter ihre Kontrolle gebracht, daß ich bei ihrer zartesten Berührung, ihrer sanftesten Liebkosung augenblicklich mit schmerzverzerrtem Gesicht vor ihr zusammensackte. Nicht einmal begehren konnte ich sie mehr, indes sie über mich immer noch unbekümmerte Verfügung hatte. Sie war unwiderruflich zu meiner Herrin geworden.

Hier hätte die Geschichte zu Ende sein können. Aber das war nicht der Fall. An einem Freitagnachmittag, als sie nicht zu Hause war, war ich damit beschäftigt, Kims Schreibtisch aufzuräumen. Sie hatte es mir nicht ausdrücklich aufgetragen, aber ich konnte in dem Durcheinander ein wichtiges Arbeitsblatt nicht finden und sah mich daher veranlaßt, ein wenig Ordnung zu schaffen, um dadurch den Überblick wiederzugewinnen. Unter einem Stapel Papier, den ich auf diese Weise abtrug, entdeckte ich plötzlich eine grüne Heftmappe. Als ich sie öffnete, fiel mir etwa ein halbes Dutzend Fotos entgegen.

Sie zeigten mich mit offener Hose, stolzer Erektion und ziemlich dämlichem Gesichtsausdruck erst steif mitten in Kims Zimmer stehen, dann langsam in Bewegung kommen.

Ich schlug reflexartig die Mappe zu. Mein Herz raste. Als ich die Mappe wieder aufschlug, waren die Fotos immer noch da.

Meine Hände begannen zu zittern. Plötzlich glaubte ich, leise Schritte auf der Treppe zu hören. Ich sprang auf, ließ die Mappe versehentlich fallen, die Fotos rutschten heraus und flatterten über den Teppich. Hektisch bückte ich mich, sammelte eines nach dem anderen auf – hatte ich auch keines übersehen? – ließ die Mappe in eine Schublade rutschen, trat zur Tür und warf einen Blick in den Flur.

Draußen war kein Mensch. Ich erinnerte mich daran, daß Kim zu genau diesem Zeitpunkt über einer wichtigen Klausur brüten mußte.

Ich kehrte in das Zimmer zurück, holte die Mappe wieder hervor und nahm die Fotos an mich. Fünf Fotos. Wo waren die Negative?

Das Blut hämmerte in meinen Schläfen.

Eine halbe Stunde später hatte ich den gesamten Schreibtisch fast auseinandergenommen. Kein Glück. Die Negative blieben unauffindbar. Dieses verdammte Miststück! Es hätte ihr ähnlich gesehen, mich die Fotos absichtlich finden zu lassen, um mich mit falschen Hoffnungen zu quälen. Wenn sie ein Insekt gewesen wäre, dann eines von der Sorte, die ihre eigenen Männchen verspeiste.

Ich ließ mich in ihren Drehstuhl fallen und dachte nach. Sie mußte mich mittlerweile für ziemlich bescheuert halten, und vermutlich hatte ich ihr dafür auch einigen Anlaß gegeben. Aber auch sie selbst war zwar ziemlich heimtückisch, jedoch sonst nicht unbedingt die Intelligenteste. Vielleicht gab mir das doch noch eine Möglichkeit, den Spielverlauf zu meinen Gunsten zu verändern.

Als Kim, offenbar ziemlich geschlaucht, nach Hause kam, servierte ich ihr, wie mittlerweile üblich, ihr Mittagessen. Und während sie sich noch darüber hermachte, legte ich ihr, eines nach dem anderen, die gefundenen Fotos vor. Ihre Augen wurden immer größer.

»Was soll das?« fragte sie mich irritiert.

»Was meinst du?«

»Du hast die Fotos gefunden, du Saftsack. Hast du nicht die ganze Zeit danach gesucht?«

»Ja. Ist es nicht komisch? Da sucht man eine Ewigkeit nach irgend etwas, von dem man glaubt, daß seine ganze Seligkeit daran hängt, und wenn man es dann gefunden hat, stellt man fest, daß man es gar nicht braucht. Daß man ohne es vielleicht glücklicher wäre. Das Leben spielt einem schon komische Streiche.«

»Ich glaub, ich muß gleich kotzen! Willst du mir irgendwas sagen, oder blubberst du nur so vor dich hin?«

»Was ich dir sagen möchte ... was mir selbst erst heute mittag klargeworden ist ...« – ich lachte kurz auf – » ... die ganze Zeit dachte ich, ich würde alles dafür geben, wenn unsere kranke Beziehung endlich beendet wäre. Und jetzt plötzlich stelle ich fest, daß ich nicht mehr darauf verzichten möchte.«

»Bitte!?«

»Okay, das mit dem Ring geht natürlich ein bißchen weit, der kommt ab. Der kommt auf jeden Fall ab, so oder so. Aber wenn ich so zurückdenke, dann wird mir jetzt erst klar, was für eine Lust mir das bereitet hat, ein junges Mädchen wie dich als meine Herrin zu haben. Mir alles von dir gefallen lassen zu müssen. Ich habe es nie realisiert, weil ich in so einer Zwangssituation war und nur daran gedacht habe, wie ich da wieder rauskomme. Aber es war geil. Es war wirklich geil! Und ich will einfach nicht, daß es aufhört.«

»Du hast sie doch nicht mehr alle!«

»Wieso? Dir ist doch wohl selbst aufgefallen, daß ich fast die ganze Zeit mit einem Harten herumgelaufen bin.«

Sie hatte ihr Besteck sinken lassen, hatte wohl keinen richtigen Appetit mehr. Stattdessen konnte sie nicht aufhören, den Kopf zu schütteln. »Und was soll das jetzt heißen?« fragte sie.

»Daß ich dir die Fotos zurückgebe. Hier, du kannst sie haben. Ich möchte dir weiter zu Diensten sein, weiter bei dir bleiben, solange wie möglich. Nicht nur bis du das Abi hast. Auch danach noch. Zwei Jahre, drei. Bis du mit deinem Studium fertig bist. So lange du willst. Von mir aus dein ganzes Leben lang.«

Sie sprang auf die Füße und stieß dabei den Stuhl zurück, daß er umkippte. »Mein ganzes … Du Scheißwichser, du hast sie ja wohl nicht mehr alle beisammen! Ich glaub, du hast dir dein letztes Stück Hirn rausgerödelt! Hab ich vielleicht Bock, mit einem Opa wie dir … die paar Wochen hat's ja Spaß gemacht, aber … Das ist ja wohl nicht wahr! Du Blödochse hast noch nicht mal gemerkt, daß ich immer noch die Negative bei mir habe. Gott, bist du dämlich! Die kannst du aber auch gleich mit zurück haben, genau wie diese Scheißfotos! Diese ganze Aktion ist hiermit nämlich beendet, ist das klar? Ich bin doch nicht deine kostenlose Privatdomina!«

Mit diesen Worten stürmte sie aus dem Raum. Als ich Sekunden später die Haustür ins Schloß schlagen hörte, brach ich in einem hysterischen Lachanfall zusammen.

Auch hier hätte die Geschichte gut und gerne zu Ende sein können. Aber dem war immer noch nicht so. Sie wollen ja auch was kriegen für Ihr Geld.

Ich saß in meinem Büro in der Schule, als Kim ohne anzuklopfen den Raum betrat. Ich lehnte mich in meinem Stuhl zurück.

»Hallo«, sagte sie.

»Hallo. Hast du die Fotos?« fragte ich.

»Nein«, sagte sie.

Ich hob die Augenbrauen. Mein Puls ging etwas schneller, aber ich versuchte, cool zu bleiben. »Ich dachte, du wolltest sie unbedingt loswerden. Hast du es dir jetzt anders überlegt?«

Sie lächelte. »Nicht im geringsten. Ich bin sie schon losgeworden.«

»Hast du sie in den Müll geworfen?«

»Nein. Ich habe sie Monika gegeben.«

»Was!?«

»Ich glaube, sie steht wirklich auf dich. Weiß der Teufel, warum. Auf jeden Fall würde es *ihr* nichts ausmachen, dich ein paar Jährchen oder länger zur Verfügung zu haben, dominamäßig und so. Hinter ihr sind die Männer auch nicht so her wie hinter mir. Vermutlich senkt das ihre Ansprüche.«

Ich glaubte, nicht richtig verstanden zu haben. »Du hast die Fotos ... Monika gegeben?«

»Und die Negative!« ergänzte sie stolz, grinste mich ein letztes Mal frech an und verließ das Büro. Ich blieb sprachlos zurück.

Würde diese Geschichte je ein Ende finden?

Monika und ich saßen uns in derselben Pizzeria gegenüber wie schon eine Zeitlang zuvor. Ich hatte eine Quattro Staggione, sie eine Salami, extra scharf.

»Willst du die Fotos wiederhaben?« fragte sie. »Und die Negative?«

»Du würdest sie mir geben?«

»Ich würde nur zu gerne alle möglichen unanständigen Spielchen mit Ihnen machen, Herr Lehrer. Aber ich möchte dich nicht dazu erpressen müssen.«

Ich trank von meinem Wein. Es war schon komisch. Ein Teil von der Rede, mit der ich Kim beinahe aufs Kreuz gelegt hatte, war ernster gemeint gewesen, als mir zuvor klargeworden war. Andernfalls hätte Kim mich mit ihrem Druckmittel zu einigem bringen können, aber nicht zu allem, was ich getan hatte. Nur war Kim leider, obwohl ich sie sexuell sehr attraktiv fand, vom Charakter her wirklich nicht mein Typ. Mit Monika war das etwas völlig anderes.

»Nein«, antwortete ich deshalb. »Behalte sie ruhig. Symbolisch. Damit du dir wirklich sicher sein kannst, daß du mit mir anstellen kannst, was immer dir in den Sinn kommt.«

Sie lächelte.

Auf der Heimfahrt trommelte ich vergnügt die Silben ihres Namens auf meinem Lenkrad. Monika. Herrin meines Begehrens, Königin meiner Unterwerfung. Mo-ni-ka. Allein die Bildung dieses Wortes war ein erotisches Erlebnis: Kußmund, Zungenspitze schlägt an, Hineingleiten in den Rachen. Ein Name, der immer weiter in meinen Körper eindringt. Wie ein Schluck edler Wein, wie die lüsterne Zunge einer leidenschaftlichen Frau. Mo. Ni. Ka.

Es lebe die Postmoderne!

Der Thron

ER WAR HINTER IHR HER. Das Blut hämmerte in ihren Schläfen, unter ihren Füßen spürte sie das feuchte Laub, ab und zu Schlamm und dürre Äste, ihr Atem ging stoßweise, sie rannte weiter durch den Wald und fragte sich, worauf sie sich da eingelassen hatte, was sie jetzt tun sollte, hier, splitterfasernackt, orientierungslos, in einem unbekannten Land. Sonnenstrahlen fielen durch das Blätterdach und malten helle Tupfer auf ihre Haut. Der Geruch ihres eigenen Schweißes stach ihr in der Nase; in ihre empfindsamen Sohlen bissen sich Steine und Hölzer. Die Zweige eines Gebüsches, durch das sie jagte, langten dreist nach ihrer ungeschützten Möse. Die Furcht schnürte ihr geradezu die Kehle zu: Wenn er sie nicht fand, war sie hier in der Fremde hilflos und verloren, aber *wenn* er sie fand ... Sie wußte, was er dann mit ihr machen würde. Also hastete sie weiter, sich hin und wieder hektisch umsehend, keuchte, ihre Brüste hüpften, sie stolperte über eine Baumwurzel, die sie nicht gesehen hatte, fing sich wieder. Lauschend hielt sie einen Moment inne, kam sich vor wie ein besonders begehrenswertes Wild auf der Flucht vor einem unerbittlichen Jäger, kein Reh, sondern ein nacktes Mädchen mit klopfendem Herzen. Sie konnte ihn weder hören noch sehen, also lief sie wieder los. Immer noch rauschte das Blut in ihren Ohren, der Waldboden wurde unebener, sie wich einem weiteren dornigen Gestrüpp aus – plötzlich links von ihr ein Schatten: Schon wurde sie gepackt, ihr Körper mit Leichtigkeit in die Höhe gewirbelt. Er hatte sie gefunden, hielt sie fest im Griff, alles war gekommen, wie es kommen mußte. Sie schlug um sich, sträubte sich und versuchte, sich ihm entgegenzustemmen, als er sie mit sich zerrte, aber er war nicht nur viel kräftiger, sondern trug auch derbe Stiefel, während sie mit ihren bloßen Füßen hilflos im Laub herumrutschte und die Zehen in den Schlamm krallte. So schleifte er sie mit sich, trotz allen Widerstandes, sie wagte es nicht, um Hilfe zu schreien, nackt wie sie war. Endlich erreichten sie den

Wagen, einen geländegängigen Jeep, sie starrte ihn an, auf den Lippen ihres Verfolgers erschien ein gemeines Grinsen. Sein Blick ging zurück zu dem Jeep, ihrer folgte ihm widerstrebend, aber sie konnte dem nicht ausweichen, was sie auf dem Dach des Wagens sah: eine metallene Konstruktion, einem Gepäckträger nicht unähnlich, nur mit einigen zusätzlichen Metallklemmen und -spangen und am rückwärtigen Ende einer dünnen, senkrecht stehenden Stahlstrebe. Ihre Wangen brannten, als sie diesen Aufbau so dicht vor sich sah. Ein letztes Mal boxte sie verzweifelt um sich, da schlug er sie quer übers Gesicht. Ihr Widerstand erlahmte für einen Augenblick, der ihm ausreichte, sie mit einer einzigen kraftvollen Bewegung auf das Dach seines Wagens zu heben. Sie kniete jetzt darauf, den Rücken gegen die vertikale Strebe, den Blick nach vorne gerichtet, die Metallspangen schlossen sich fest um ihre Unterschenkel, auch ihre Fußknöchel wurden in Eisen gelegt, ihre Hände über Kreuz hinter der Stange befestigt, so daß sie sich kaum einen Zentimeter bewegen konnte. Er trat zurück, besah sein Werk, grinste zufrieden. Sie thronte auf dem Wagen, ihr nackter Körper, ihre wohlgeformten Brüste, ihre Möse, alles war jedem Blick frei zugänglich, für jeden zufälligen Beobachter weithin sichtbar, ohne daß sie auch nur das geringste tun konnte, um ihre Blößen zu bedecken. Nicht einmal nach vorne oder nach hinten rutschen konnte sie. Er stieß einen anerkennenden Pfiff aus, trat einen Schritt nach vorne, hob seine Hand und schob sie ihr bedächtig zwischen die Beine. Sie erstarrte, ihre Muskeln spannten sich, als wollten sie die Metallbügel sprengen, die ihre Schenkel umklammerten, aber das hatte selbstverständlich nicht die geringste Aussicht auf Erfolg. Seine Finger tasteten sich weiter vor, kraulten einen Moment fast genießerisch ihr Schamhaar, erreichten dann ihren Kitzler, sie biß sich auf die Lippen, warf den Kopf zurück, die Handschellen klapperten hinter ihrem Rücken, sie konnte nichts tun, um sich ihm zu verweigern, er besaß ungehinderten Zugang. Langsam bewegten sich seine Finger, sie schluckte mehrmals, konnte schließlich ein Stöhnen nicht unterdrücken. Sein Gesicht strahlte auf, er zog die Finger zurück, gab ihr noch einen kräftigen Klaps auf die Schenkel, schwang sich hinters Steuer und startete den Motor. Ein Vibrieren ging durch den Wagen und damit auch durch sein weibliches Dachgepäck, dann ein Rucken. Er fuhr los. Ihr Kopf war hochrot, immer noch brannten ihre Wangen, jetzt mehr denn je. Das konnte er doch nicht wirklich machen! hämmerte es in ihrem Gehirn. Das konnte er doch nicht …! Der Wagen nahm ein wenig an Tempo zu, rechts und links von ihr huschte der Wald vorbei. Es war ein sehr heißer Tag hier so weit im Süden, und die erhöhte Temperatur des Metalls bildete einen unangenehmen Kontrast mit dem leichten Fahrtwind, der gegen ihren Bauch blies, und was da sonst noch alles war. Sie richtete den Blick in den Himmel, wagte es nicht, nach vorne zu schauen, von wo aus bitte, bitte kein Gegenverkehr auftauchen mochte, wagte es noch weniger, an sich selbst herabzusehen, wie sie da saß: entblößt, gefangen, ausgestellt. Die Straßen waren hier nicht asphaltiert, der Weg holprig, ihre Brüste wippten hin und her. Sie preßte die Zähne zusammen, fragte sich zum wiederholten Male, wie es dazu hatte kommen können, was jetzt passieren würde, wie diese Sache wohl ausgehen würde, was sie tun konnte, um das Schlimmste zu verhindern. Nur die Antwort auf die letzte Frage stand flammend klar in ihrem Kopf: Nichts. Gar nichts. Sie kamen über ein Wegstück, wo herabhängende Äste in die Straße ragten, ihr Fahrer dachte gar nicht daran, das Tempo zu senken, die Zweige klatschten gegen sie, rissen an einigen Stellen die Haut auf. Fast drängten sich ihr Tränen in die Augen, aber sie zwang sie zurück, preßte mit aller Kraft ihren Unter- gegen ihren Oberkiefer, daß ihre Lippen einen dünnen Strich bildeten. Dann verließ der Wagen den schattigen Wald, schob sich einen Hügel empor, erreichte die Kuppe, hielt einen kurzen Moment, jetzt blickte sie doch nach vorne, unter sich im Tal konnte sie eine kleine Ansiedlung liegen sehen. Die Straße führte direkt dorthin. Ihr Herz stoppte einen Augenblick, hämmerte dann um so heftiger. Das durfte doch nicht wahr sein! Das konnte er doch nicht mit ihr … Doch, der Wagen fuhr weiter, nahm geradewegs Kurs auf die kleine Ortschaft. Sie öffnete den Mund, wie um zu schreien, aber nicht ein einziger Laut drang aus ihrer Kehle. War es Schock, Angst, Panik? Das Dorf kam immer näher, rasend schnell, schon war der Eingang erreicht. Leute befanden sich auf der Straße, natürlich, wie durch einen Schleier sah sie die Menschen mit der dunklen, sonnengebräunten Haut dieses Landstrichs, sie blieben stehen, als sie sie sahen, hielten inne in ihrem Tun, natürlich, glotzten sie an. Manche Blicke waren hauptsächlich irritiert, einige forschend, andere ungläubig starrend, wieder andere halb verächtlich, halb amüsiert. Der eine oder andere zeigte mit dem Finger auf sie. Sie war überflutet von Scham, versuchte verzweifelt, wenigstens ihre Hände zu befreien, aus den Stahlschellen herauszuzerren, damit sie sie vor ihren nackten Körper schlagen konnte, sie versuchte, die Beine zu schließen, sich zusammenzukauern – umsonst! –, wand sich hilflos in ihren Fesseln, wozu sie aber nur mit ihrem Oberkörper in der Lage war, und bald stellte sie fest, daß sie dadurch nur *noch* geiler, nur *noch* erotischer aussehen mußte: Ein Bild von Ohnmacht und Demütigung. Der Wagen folgte der Hauptstraße, mitten durch das Dorf. Ihre Haut war inzwischen von einem dünnen Film aus Schweiß bedeckt. Oh Gott, wie sie alle starrten! Und jedem dieser Blicke war sie vollständig ausgeliefert, wie sie sich da auf dem Wagendach wand und bog, jeden Teil ihres Leibes bloßgestellt und überlassen der gnadenlosen Taxierung wildfremder Menschen. Als sie die Hauptstraße endlich fast hinter sich hatten und sie schon zu hoffen wagte, daß wenigstens dieser Teil des Alptraums endlich vorbei sein würde, bog der Wagen plötzlich ab. Sie riß vor Schreck die Augen auf, erkannte, bebend vor den unterschiedlichsten über sie hereinbrechenden Gefühlen, daß der Wagen jetzt auch noch *langsamer* wurde, immer langsamer, sie konnte es kaum glauben, bis er schließlich hielt - direkt vor einem Gebäude, das eine Kneipe zu sein schien oder ein Lokal. Sie bekam kaum noch Luft, ihre Kehle war wie zugeschnürt, und dieses Gefühl wurde nicht besser, als der Fahrer des Wagens die Tür öffnete und ausstieg. Sie starrte ihn an, halb bettelnd, halb ungläubig, sichtbar bis an die Grenze der Erniedrigung getrieben, die Haare hingen ihr wirr ins Gesicht, und ihre Lippen formten flehend lautlose Worte. Seine Lippen allerdings formten nur ein lautloses Grinsen, sein ganzes Gesicht glänzte in einer fiesen Zufriedenheit. Du willst doch wohl nicht ...! versuchte sie zu sagen, während sich in einiger Entfernung die Menschen sammelten, zunächst noch verstört, unsicher darüber, was hier vor sich ging, mißtrauisch Distanz haltend. Das durfte alles nicht wahr sein! Wieder trat er an sie heran, wieder fuhr seine Hand zwischen ihre Beine, nur hatte diese Geste diesmal etwas sadistisch Demonstratives. Als er seine Finger zurückzog, glänzten sie, und ihr war klar, daß er jetzt wußte, daß jetzt jeder, der nahe genug stand, wußte, wie feucht sie trotz allem geworden war. Achtlos streifte er seine Finger an ihrer Flanke ab, sein Grinsen war breiter geworden, bevor er auf den Eingang des Lokales zuschritt. Sie blieb zurück, allein, in der Mittagssonne, splitternackt, ausgesetzt den Blicken der Dorfbewohner, die ihre Kreise langsam immer näher zogen, sich mit unzweideutigen Blicken näher und näher an sie heranwagten. Und sie mußte sich ihnen präsentieren, ihre Brüste, ihre helle Haut, ihre Beine, ihre ... Oh Gott! In einem letzten Aufbäumen der Verzweiflung riß sie ein weiteres Mal an ihren Fesseln, erreichte nichts außer einem kurzen Klappern, stellte fest, daß sie gerade dadurch noch einmal ihre Hilflosigkeit besonders demonstriert haben mußte, denn die Dorfbewohner kamen plötzlich immer schneller näher, sie glaubte Gier in ihren Augen zu erkennen, versuchte, die Beine zu schließen, nicht einmal *das* gelang ihr, ihre Möse war preisgegeben der Menge, und erst als er dicht vor ihr stand, erkannte sie, daß der Fahrer ihres Wagens mit zwei Flaschen in der Hand aus dem Lokal zurückgekehrt war. Er warf sich hinter das Lenkrad, startete, wendete den Wagen, ein jüngerer Mann aus dem Dorfe war schon bedrohlich nahe gekommen, seine Finger strichen lüstern über ihre Schenkel, aber schon war sie seinem Griff entzogen, die Fahrt ging weiter. Bald ließen sie das Dorf hinter sich zurück, fuhren über einen weiteren Hügel, hielten endlich an einer schattigen Stelle in einem anderen Wald. Er stieg aus, löste die Spangen, massierte vorsichtig ihre Beine, um die Blutzirkulation wieder in Gang zu bringen, befreite sie dann auch von den Handschellen, sie glitt ihm in die Arme. »Schlimm?« fragte er. Sie sagte nichts, küßte ihn, er öffnete seine Jeans, und dann fielen sie, beide bis zum Äußersten aufgeladen mit mühsam zurückgehaltener Geilheit, glücklich übereinander her.

Magisches Erwachen

ALS ES NOCH NICHT GANZ FRÜHLING WAR, liebte Janina es, abends nackt in dem Drehstuhl an ihrem Schreibtisch zu sitzen, Apfelsinen zu pellen und den leuchtend orangenen Schalen dabei nachzuspüren, wie sie an ihrem Bauch entlang herabglitten und sich in ihrem Schoß ringelten. Nicht immer hatte sie dabei den Rolladen geschlossen. Sie malte sich gerne in Gedanken aus, wie irgend einer der jungen, kecken Männer des Dorfes sich an ihr Fenster heranschleichen und sie dabei beobachten würde. Was würde wohl in seinem Kopf vorgehen, wenn er sie so dasitzen sah, im warmen Licht der Schreibtischlampe, ihre extrem schlanke, beinahe hagere unbekleidete Gestalt, die Beine aneinandergelegt, die Füße auf den Teppich gestellt, das strohblonde Haar hinter dem Kopf zu einem Pferdeschwanz gebunden, während eine gewundene Schale nach der anderen ihren Weg zwischen Janinas Schenkel fand? Sie schob sich ein Stück Apfelsine in den Mund.

Sie mußte diesen Zeitvertreib, der ihr so sanfte, behutsame Wonnen bereitete, zu ihrem großen Bedauern aufgeben, als im April ihr Onkel Ludwig und dessen Sohn Gerald für ein paar Wochen mit in das Haus ihrer Eltern zogen, weil ihr eigenes durch eine Flut größeren Schaden genommen hatte und vollkommen restauriert werden mußte. Janina fiel schon morgens beim Frühstück auf, wie intensiv sie Gerald mit seinen dunklen, verlangenden Augen musterte. Er sagte selten ein Wort zu ihr – wohingegen sein korpulenter Vater ständig unverbindlich vor sich hin scherzte –, aber sie spürte das Brennen in seinen Blikken, denen sie sich kaum für eine Sekunde zu entziehen vermochte. Sie tat so als würde sie es ignorieren, und ging im Haus ganz normal ihrer Arbeit nach, spülte das Geschirr, trocknete ab und fütterte den Schäferhund wie in all den Jahren zuvor.

Nach einigen Tagen aber begannen Geralds Blicke, sie bis in ihre Träume zu verfolgen. So wachte Janina eines Nachts mit bis zum Hals pochendem Herzen auf, weil sie Geralds Präsenz allzu stark in sie eindringen gespürt hatte. In dem Moment, in dem sie die Augen aufschlug, stellte sie fest, daß sich jemand in ihrem Zimmer befand. Er war ganz dicht, stand ohne Zweifel direkt neben dem Bett. Seine Silhouette hob sich von dem Fenster ab, durch das Mondlicht hereinschwebte, und Janina erkannte sofort, daß es sich um ihren Cousin handelte, der seinen etwas altmodisch wirkenden Pyjama trug. Er schien nicht bemerkt zu haben, daß Janina wach war. Sie blieb auf dem Rücken liegen, ohne sich zu bewegen, und spähte durch halbgeschlossene Lider zu ihm empor.

Gerald nestelte an seiner Hose herum und zog sie ein Stück herunter. Janina konnte sein Geschlecht nicht sehen, weil Geralds Körper das schwache Licht abschirmte, aber sie war sich sicher, daß es steif und hochaufgerichtet war. Gerald atmete schwer. Janina lag immer noch stocksteif da, wagte es nicht, sich zu bewegen. Einesteils weil sie kein Aufsehen verursachen, andernteils weil sie Gerald nicht erschrecken wollte. Am nächsten Morgen würde dieses Erlebnis, falls sie sich überhaupt noch daran erinnerte, nicht mehr sein als ein besonders abstruser Traum. Schwere Tropfen klatschten mitten in ihr mondbeschienenes Gesicht.

Als Gerald das Zimmer verlassen hatte, wartete Janina noch ein paar Sekunden, dann zog sie lautlos ihre Hände unter der Bettdecke hervor und griff nach einem Päckchen Taschentücher, das auf ihrem Nachttisch lag. Obwohl sie sich so sorgfältig säuberte, wie es ihr nur möglich war, fühlte sie sich auch am nächsten Morgen noch völlig verklebt, und als sie durch die Stadt ging, hatte sie den überdeutlichen Eindruck, daß jeder, dem sie begegnete, schon beim ersten Blick in ihr Gesicht sagen konnte, was mit ihr geschehen war.

Dieser nächtliche Vorfall ereignete sich in unregelmäßigen Abständen immer wieder, bis Vetter Gerald und Onkel Ludwig endlich wieder in ihr eigenes Haus zurückkehrten. Janina schenkte Gerald zum Abschied ein Porträtfoto, das sie bei ihrer Firmung zeigte.

Einige Wochen lang geschah nichts, außer daß es draußen immer heißer wurde, immer mehr Insekten im Garten herumschwirrten und sich Janina immer kribbeliger fühlte. Eines Tages, ihre Eltern waren nicht zu Hause, klingelte es schließlich an der Tür. Draußen im Flur stand ein etwas verstaubt wirkender, untersetzter Mann, der mit der einen Hand seinen Hut lupfte, in der anderen einen riesigen Koffer hielt und behauptete, ein Handelsvertreter zu sein. Janina bat ihn höflich herein.

Sie führte ihn in die Eßstube, wo der fremde Mann keuchend seinen Koffer auf den Tisch wuchtete. Er ließ die Schlösser aufschnappen und enthüllte seine Ware, bei der es sich zu Janinas Verblüffung um eine nicht unbeträchtliche Zahl tschirpender, dottergelber Küken handelte. Sie hatte dergleichen nicht erwartet und sah den Untersetzten fragend an, dann wurde sie verlegen und blickte in eine andere Richtung. Der Vertreter, der genau zu wissen schien, mit wem er es hier zu tun hatte, nahm auf einem der Stühle Platz und hieß Janina, sich bäuchlings über seinen Schoß zu legen. Janina hörte nur noch auf das Tschirpen der frisch geschlüpften Vögel, als er ihren Rock in die Höhe hob und einen Hieb nach dem anderen auf ihren entblößten Hintern herabfahren ließ. Janina umklammerte die Beine des Stuhles und starrte die gegenüberliegende Wand an, auf der sich immer größere Flecken gebildet hatten. Oder hatte sie diese erst jetzt entdeckt? Der Handelsvertreter schnaufte und schüttelte sich.

Endlich richtete er sich wieder auf und gestattete Janina, dasselbe zu tun. Sie strich ihre Kleidung glatt und stellte fest, daß ihr ungestümer Galan in den letzten Minuten einige der Küken auf dem Boden zertreten hatte, die es geschafft hatten, aus dem Koffer zu entkommen. Sie selbst konnte es nicht gewesen sein, das hätte sie bemerkt. Nun würde sie sich beeilen müssen, diese Vögelchen zusammenzusuchen und zu verscharren, bevor ihre Eltern zurückkehrten. Der Handelsvertreter lüpfte noch einmal den Hut, jetzt schien er der Verlegene zu sein, und machte, daß er davonkam.

Für Janina aber hatten die Ereignisse der letzten Wochen eine Tür der Begierde in ihr geöffnet, die sie nicht wieder schließen konnte. Nacht für Nacht und so manchen Nachmittag wälzte sie sich unruhig in ihrem Bett herum.

Schließlich ging sie einmal am frühen Morgen, ihre Eltern schliefen noch, splitternackt herunter in die Küche, um sich um das Frühstück zu kümmern wie sonst auch. Selbst ihr Schäferhund mußte gewittert haben, in was für einem ungewöhnlichen Zustand sie sich befand. Er begann, um sie herumzustreichen (sein Fell rieb über ihre Beine), sie zu beschnuppern (Janinas Brüste hoben und senkten sich in immer tieferen Zügen), schließlich an ihr hochzuspringen. Sie streichelte ihn mit zitternden Händen. Seine Schnauze wanderte zwischen Janinas Beine, seine Zunge leckte über ihre Schenkel. Janina konnte nicht länger zu übersehen, daß das Tier eine gigantische Verhärtung zeigte. Ihre Beine knickten ein, sie begab sich auf alle Viere. Offenbar konnte sie sich selbst nicht helfen, sämtliche Kontrolle schien ihr zu entgleiten. Der Hund beschnupperte und beleckte sie jetzt von hinten. Janinas Atem ging stoßweise. Sie öffnete ihre Schenkel noch ein wenig weiter und ließ sich von dem Tier bespringen. Das glühend heiße Geschlechtsteil des Hundes schlüpfte in ihr ein und aus. Janina keuchte. Oben hörte sie eine Tür gehen, ihre Eltern mußten inzwischen wach geworden sein. Sie preßte die Lippen aufeinander, stemmte ihre wackligen Arme gegen den Küchenfußboden und betete leise, daß der Hund sein Werk vollenden würde, bevor ihre Mutter und ihr Vater die Küche betraten. Schritte kamen die Treppe herab. Janina schwitzte jetzt am ganzen Körper, der Hund glitt tiefer und tiefer in sie hinein. Eine Welle der Panik überflutete Janina, als die Küchentür geöffnet wurde und der Blick ihres Vaters auf das Geschehen fiel, das sich da inmitten des Raumes abspielte.

Nach diesem Ereignis beschlossen Janinas Eltern, daß ihre Tochter fachmännische Hilfe dringend nötig hatte. In der Kleinstadt, in der sie lebten, gab es nur einen einzigen Arzt, dem man solche Fälle anvertrauen konnte – dieser erklärte sich aber gerne bereit, Janina zu übernehmen. Mehrere Stunden ließ er »die junge Dame«, wie er sie nannte, in seiner winzigen Wohnstube sitzen, die in dunklen Rottönen eingerichtet war, und machte, während Janina von ihren Sehnsüchten und Wünschen berichtete, ohne Unterlaß und in großer Eile Notizen. Ein beschriebenes Blatt Papier nach dem anderen segelte auf den zentimetertiefen Teppich herab und wurde von ihm verschluckt.

Dieser Arzt arbeitete auch als Professor bei einer nahegelegenen Universität, und er entschied, Janina als Vorführungsobjekt bei seinen Studenten einzusetzen. So stand sie an mehreren Tagen in einem kalten Klassenraum und wurde von kleinen Gruppen junger Leute sehr interessiert einer Begutachtung unterzogen. Der Professor schob ihr jedesmal einen schmalen Silberlöffel in den Mund und machte sich dann daran, seinen Zeigestock illustrierend über Janinas nackten Körper wandern zu lassen, von einer Stelle zur anderen, bis sie es vor Nervosität nicht mehr aushielt und der Löffel zwischen ihren Lippen unkontrollierbar zu zittern begann.

Mittlerweile war ihr klar, daß die halbe Stadt über ihr Innerstes wußte, und eine große Scham begleitete sie auf allen Wegen. Nachdem sie ihre Schulausbildung mit der mittleren Reife abgeschlossen hatte, machte sie sich auf Arbeitssuche. Die Bewerbungsgespräche mit all diesen forschenden Fragen waren mehr als unangenehm für sie. Schließlich ließ sie sich von einem noch jungen Justitiar als Anwaltsgehilfin nehmen. Er war auch nicht anders als der Schäferhund ihrer Eltern. Mehr als einmal ließ sie sich von ihm auf die Platte seines Schreibtisches werfen – wesentlich größer und mächtiger als der, an dem sie im Winter noch Apfelsinen geschält hatte – und so lange durchvögeln, bis sie durch den Schleier ihres strähnigen Haares hindurch die anderen Mitarbeiter der Kanzlei eintreten sah. Als ihr Vorgesetzter mit ihr fertig war, schaffte sie es gerade noch, die Hinzugekommenen mit jener unsicheren Unterwürfigkeit zu begrüßen, für die sie sich selbst schon schämte, und schlüpfte schleunigst davon.

Janina gefiel ihrem Chef mehr und mehr. Schließlich beschloß er, sie ebenfalls als Dienerin mitzunehmen, wenn er mit einer besonders attraktiven Kollegin noch nach Feierabend unterwegs war. Janina war sich nicht im klaren darüber, ob sie all das zulassen sollte, aber er war schließlich ihr Vorgesetzter, auch behandelten er und seine Begleiterin sie keineswegs schlecht. Wenn sie zum Beispiel zu dritt in einer Eisdiele waren, bestellten sie auf eigene Kosten auch für Janina einen riesigen Becher Vanille (mit Sahne), den sie ihr zum Lecken auf den Boden stellten. Vor allem die Kollegin ihres Vorgesetzten amüsierte sich darüber jedesmal.

Aber auch er hatte zu manchen Gelegenheiten einen eher ungewöhnlichen Sinn für Scherze. So zeichnete er zum Beispiel mit unauslöschlichem Filzschreiber die Worte »Hure« und »Flittchen« auf Janinas Fußsohlen und befahl ihr, in Zukunft, auch wenn sie alleine unterwegs war, nur noch barfuß durch die Straßen zu spazieren. Janina mußte dann immer besonders darauf achten, daß sie niemandem versehentlich die Unterseite ihrer Füße entgegenstreckte, sondern diese jederzeit auf dem schmutzigen, kalten Erdboden behielt.

So hatte mittlerweile die ganze Stadt Janina kennengelernt und sich ihr Urteil über sie gebildet. Insofern ist es kaum zu beschreiben, wie groß die Verblüffung war, als sie eines sonnigen Tages über den Dächern der Stadt auftauchte. Ungläubig richteten sich aller Augen zum Himmel, aber es war keine Illusion: Janina hatte zwischen dem Rathaus und einer der beiden Kirchen der Stadt ein langes Seil gespannt, das direkt über den dichtbelebten Marktplatz führte. Sie betrat dieses Seil in kerzengerader Haltung, mit hoch aufgerichtetem Kopf und ohne ein einziges Kleidungsstück am Körper. Schritt für Schritt tastete sie sich vor, bis sie sich fern von allen Gebäuden direkt über der Menschenmenge befand. Alle, die Janina so sahen, hielten unwillkürlich ihren Atem an, so stolz und so schön war sie in diesem Augenblick. In ihren Händen hielt sie, etwa in Hüfthöhe, eine lange Stange, die ihr half, das Gleichgewicht zu bewahren, und es ihr gleichzeitig unmöglich machte, ihre Brüste oder die Stelle zwischen ihren Beinen zu bedecken. Voll angespannter Konzentration balancierte sie weiter und weiter voran.

Dann, sie hatte vielleicht die Mitte des Marktplatzes erreicht, fand ihr tastender linker Fuß plötzlich nicht schnell genug die Sicherheit des Seils. Janina schreckte zusammen, wurde aus ihrer tranceartigen Erhabenheit herausgerissen und spürte plötzlich wieder das Glotzen des versammelten Volkes. Hilflos ruderte sie noch einen Moment mit der Stange herum, dann stürzte sie ab.

Schwer schlug ihr junger Körper auf dem Stein des Marktplatzes auf. Zuerst waren alle, die Zeugen dieses Unglücks wurden, mit einem entsetzten Aufschrei auseinandergestoben, aber dann kehrten sie nach und nach doch wieder zurück, um die nackte junge Frau in ihrer Blutlache zu sehen. Nach einiger Zeit war in der Ferne die Sirene eines Krankenwagens zu hören, aber jede Hilfe kam längst zu spät. Jemand deutete verblüfft auf Janinas Beine, die in der Sekunde ihres Todes zusammengewachsen waren und sich niemals wieder öffnen würden bis zum Ende der Zeit.

Jessie

Hallo Christine – und nachträglich Happy Birthday!

Na, Schwesterherz, hast Du Dein erstes Vierteljahrhundert angemessen ausklingen lassen? Schade, daß ich nicht vorbeischauen konnte, aber ich hatte diesen kleinen Urlaub bitter nötig. Meine Karte hast Du ja wohl bekommen. Kaum bin ich wieder zurück, geht es volle Power weiter; jede Minute, die ich nicht auf der Arbeit bin, häng ich mit der Band zusammen und treffe die wichtigsten Vorbereitungen für unsere erste CD. Vor allem muß ich dafür sorgen, daß das Ding auch einigermaßen gepusht wird – eine Disk alleine nützt uns ja herzlich wenig, wenn sie keiner kennt. Die Jungs von der Plattenfirma sind da ganz schön schwerfällig: Nur ja kein Risiko, nur ja kein Geld investieren, das verlorengehen könnte … Ich sage Dir, es gibt immer weniger Musikproduzenten und immer mehr Unternehmer im Musikgeschäft. Künstlerisches Interesse gleich Null.

Ich hoffe, Du bist immer noch so gut drauf, wie Du in deinem letzten Brief geklungen hast. Was macht Dein … Freund? Unsere sexuellen Vorlieben scheinen ja tatsächlich auf derselben Linie zu liegen. Und ich dachte schon, *ich* sei pervers! Also bei manchem, was Du mir erzählt hast, bin ich mir nicht ganz sicher, ob Du da nicht ein wenig ausgeschmückt hast. Manche Leute lassen ja viel mit sich machen, aber so was … Wo findest Du nur immer diese Kerle? Na, auf jeden Fall weißt Du, wie man die Kontrolle behält. Es ist nicht immer ganz einfach, manchmal muß man den Druck verstärken, manchmal die Zügel ein bißchen schleifen lassen. Meine Devise kennst Du ja: Im Zweifelsfall grundsätzlich mehr Druck.

Andererseits wirst Du sagen, daß gerade ich nicht der Richtige für weise Ratschläge in Beziehungsfragen bin. Um Deine Fragen aus Deinem letzten Brief in einem Satz zu beantworten: Ja, zwischen mir und Katharina ist es aus. Sie hat Schluß gemacht. Ich habe ihr auf die Dauer vielleicht doch ein bißchen viel abverlangt, da wollte sie nicht mehr mitspielen. Und da ist auch nichts mehr wiedergutzumachen. Na ja, auf jeden Fall hat's einen Heidenspaß gemacht, solange es gedauert hat.

Aber Du brauchst dir keine Sorgen zu machen, Dein großer Bruder versinkt *nicht* im Liebeskummer! Tatsächlich habe ich sogar schon meine Augen auf ein neues – soll ich sagen: Opfer? Nee … geworfen. Letzten Donnerstagabend, wir hatten gerade unseren Auftritt hinter uns gebracht und wollten uns in so 'nem Schuppen kurz abkühlen, da kommen ein paar Mädels vorbei, haben offenbar unser Konzert besucht, und fragen uns, ob sie sich zu uns setzen dürfen. Sahen nicht schlecht aus, netten Eindruck gemacht, natürlich sagen wir nicht nein. Ich hab mich mit Eike mehr als einmal darüber unterhalten, wie krank das eigentlich ist, daß selbst eine Provinzband wie unsere von Groupies scheinbar nicht verschont wird. Anders kann man das nicht nennen, wie sich ein paar von den Mädels manchmal aufführen. Ich komme mir dann immer so vor, als sei ich in 'ner Art N'Sync für Arme. Auf jeden Fall war an diesem Abend eine Kleine dabei, die mir nicht schlecht gefallen hat: sehr jung, geht wahrscheinlich sogar noch zur Schule, schwarzer Rucksack, blaßblaue Jeans, Turnschuhe, blond, kurzer Pferdeschwanz, niedliches Gesicht. Sie saß da in einer Ecke, warf mir ab und zu einen Blick zu, aber sie sagt kein Wort. Nur auf ihrer Stirn steht »Fick mich!« geschrieben, in einer Schrift, die nur ich lesen konnte. Dabei streicht sie sich alle paar Minuten verstohlen mit der Hand über die Nase, traut sich aber nicht, nach 'nem Tempo zu fragen. Also rutsche ich zu ihr rüber und biete ihr eins an. Sie wird verlegen und bedankt sich. Ich hole mein Päckchen raus, gebe ihr aber nicht gleich ein Taschentuch, sondern ärgere sie ein bißchen: Immer wenn sie ihre Finger ausstreckt, ziehe ich's blitzschnell zurück. Und ihr läuft die Nase. Ein paar, die neben uns sitzen, kriegen das mit und fangen an, Witze zu machen. Jetzt gibt's für die Kleine zwei Möglichkeiten zu reagieren, und normal wär's gewesen, wenn sie aggressiv geworden und mir das Päckchen aus der Hand gerissen hätte. Macht sie aber nicht, sie schaut mich fast bettelnd an, ganz unterwürfig. Und das war der Moment, wo ich dachte: Hoppla, das könnte was werden! Wir haben uns verabredet, morgen gehe ich zum ersten Mal mit ihr weg. Bin mal gespannt, was sich ergibt. Du kannst auf jeden Fall ganz unbesorgt sein, ich werde dir natürlich alles haarklein erzählen, wie immer.

Gruß und Kuß!

Dein Markus

Hallo Schwesterchen!

Tut mir unheimlich leid, aber ich stehe abartig unter Druck und kann Dir nur ein paar Zeilen hinwerfen. Es gibt Probleme mit unserer CD, wahrscheinlich werden wir unseren Gruppennamen ändern müssen, so dämlich sich das anhört. Aber es gibt da eine Band aus dem Raum Bremerhaven, die heißen so ähnlich. Solange wir nur regional bekannt waren, hat das keine Sau gestört, aber sobald wir »Tonträger« herstellen, gelten ganz andere Gesetze. Jetzt müssen die Jungs und ich uns die Köpfe zerbrechen, bis wir einen Namen finden, der sich genauso dynamisch und abgefahren anhört wie »AMOK UND DIE EIERBEISSER« – was vermutlich nicht leicht wird. Vielleicht nennen wir uns ja »Die Glücksbärchis«.

Die Aktion mit Jessie könnte tatsächlich klappen. Ich weiß ja noch nicht so ganz, was ich von ihr halten soll, aber sie scheint über beide Ohren in mich verknallt zu sein. Ein Mann merkt das. Letztens war sie mit bei mir. Sie war unheimlich beeindruckt, daß ich nicht nur ein paar Zimmer, sondern ein komplettes Haus zu meiner Verfügung habe. Hektor hat sie gleich schwanzwedelnd begrüßt, die beiden verstanden sich auf Anhieb miteinander. Wir hören zusammen Natalie Cole – die mich immer noch an Katharina erinnert, dieses Miststück –, und ich hole uns gerade ein paar Dosen Bier aus dem Kühlschrank, als Jessie die Zeitschriften entdeckt, die ich vorsorglich auf einem Tischchen habe liegenlassen. Sie blättert sie durch, guckt sich die Fotos an und kriegt ganz große Augen. Dann fragt sie mich, ob ich auf so was stehe, halb ängstlich, halb ungläubig. Ich zucke mit den Schultern, drücke ihr das Bier in die Hand und frage sie unschuldig, ob sie so was denn noch nie gemacht hätte, das sei doch schließlich momentan mega-in. Und außerdem für mich die schärfste Sache der Welt. Sie war ganz schön irritiert, aber ich glaube, ich hab' ihr klargemacht, daß ich so was auch von ihr erwarten würde, wenn sie ernsthaft an mir interessiert ist. Ich habe ihr zum Abschied noch zwei, drei Bücher mitgegeben, wo sie sich wenigstens schon mal einlesen kann. Sie wird mitmachen, da bin ich mir ganz sicher: Ich sehe den kleinen Fickfrosch jetzt schon nackt vor mir kauern. Und ich muß sagen, daß mir dieser Anblick sehr gefällt.

Mach's gut, Schwester, bis die Tage!

Markus

Hi, Christine!

Heute war also der große Tag gekommen, an dem ich Jessies Unterwerfung besiegeln wollte. Läufig war die Kleine, da gab es keine Frage. Jetzt mußte ich es nur noch schaffen, sie auch noch stubenrein zu bekommen: sie dazu zu bringen, daß sie mich als ihren Herrn akzeptierte. Wenn das erst einmal geschafft war, würde ich ihr nach und nach verschiedene kleine Kunststückchen beibringen können.

Ich war ziemlich aufgeregt die Nacht davor, konnte kaum schlafen, um ehrlich zu sein. Ich lasse es sie natürlich nicht merken, wie sehr ich auf sie abfahre, aber Jessie ist genau mein Typ: ihr unschuldig-naives Jungmädchengesicht, der schmale, sportliche Körper, ihre weiche, weiße, unberührte Haut, in der ich so gern mein Zeichen hinterlassen möchte … Ich erwartete sie in ungeduldiger Angespanntheit, als sie heute morgen zu mir kam, gegen neun, so, wie ich es ihr gesagt hatte. Draußen summten schon die Bienen, und die Sonne stand grell am Himmel. Wir frühstücken zusammen, und ich stelle voller gieriger Freude fest, daß Jessie um ein Erhebliches nervöser ist als ich; sie kann ja kaum ihre Hand ruhig halten, um sich das Brot zu streichen. Ich lächele sie aufmunternd an. Sie lächelt ängstlich-verlegen zurück.

Nachdem ich den Frühstückstisch abgeräumt habe, bitte ich sie ins Wohnzimmer. Ich fordere sie auf, ihre Sachen auszuziehen, erst die Schuhe, dann ihre weiße Bluse, die sie mit fahrigen Bewegungen aufknöpft, die Jeans, ihre Söckchen – Gott, bin ich *geil!* –, zuletzt ihre Unterwäsche. Hektor schaut sichtlich unbeeindruckt von seinem Platz aus zu, als sie auch das letzte Kleidungsstück abstreift. Ich habe sie zu meiner Verfügung.

»Du brauchst nicht mitzumachen«, schärfe ich ihr ein. »Du kannst gehen, wann immer du willst.«

Jessie schaut mich ernst an. »Ich schaff' das!« sagt sie. So süß!

Ich verlasse das Wohnzimmer. Jessie tappt mir brav nach, ohne daß ich etwas sagen muß. Ich öffne die Tür zum Speicher. Die Luft da oben, direkt unter dem Dach, ist schon sehr warm, fast heiß, aber bei weitem nicht so stickig und schwül, wie sie gegen Mittag sein wird. Jessie folgt mir nach oben, vermutlich mit klopfendem Herzen. Ich greife nach einem rauhen, festen Hanfseil und weise mit dem Kopf auf einen Gebälkträger. Um dorthin zu gelangen, muß Jessie über einen ungeordneten Haufen Gerümpels steigen, mit bloßen Füßen über einen Boden, der nur so strotzt von Staub, Schmutz, Resten von Sägemehl und toten Insekten. Ich kann ein Grinsen nicht unterdrücken, als ich sehe, wie vorsichtig tastend sie sich auf Zehenspitzen ihren Weg durch das Gerümpel bahnt. Dann hat sie den Pfosten erreicht, hat eine gewisse Scheu, sich gegen das splittrige Holz zu lehnen, merkt aber, daß ihr keine Wahl bleibt. Ich zurre erst ihre hübschen Beine fest, dann die Arme, wickle den Strick dann schließlich noch einmal um ihren Oberkörper. Hektor ist uns über die Treppe gefolgt, und während ich hinten den Knoten befestige, springt er vorne an Jessie hoch, was sie nicht sonderlich zu mögen scheint. Als sie feststellt, daß sie es mit sich geschehen lassen muß, entdecke ich zum ersten Mal eine gewisse Furcht in ihren Augen. Ich trete zurück und lächle sie an. Meine Fesselung gefällt mir, sie kann sich keinen Zentimeter bewegen. Ich parodiere eine Abschiedsverbeugung und gehe zur Treppe zurück.

»Markus?« höre ich ihre Stimme hinter mir, ganz verschreckt. »Was machst du jetzt?«

Ich wende mich noch einmal um, sehe, wie sie dasteht, nackt, gefesselt, ihr bricht schon der Schweiß aus. Erste Fliegen beginnen, um sie herumzuschwärmen, sich auf sie zu setzen. Jessie kann sie gerade einmal mit dem Zucken ihrer Schultern vertreiben. Ein berauschender Anblick. »Bis heute abend, Jessie«, sage ich und steige, gefolgt von Hektor, die Treppe hinab.

Ich schließe die Tür, stelle – für den Fall, daß Jessie anfängt zu rufen oder zu schreien – die Stereoanlage auf volle Lautstärke (passenderweise plärren Roxette gerade »She's so vulnerable«, was ich ziemlich witzig finde), mache den Abwasch, gehe mit Hektor Gassi, bevor es allzu heiß dafür wird, aber ich komme trotzdem ganz schön ins Schwitzen. Also springe ich noch einmal unter die Dusche, versuche ein paar Songtexte aufs Papier zu bringen, kann mich aber nicht konzentrieren. Die Sonne knallt die ganze Zeit aufs Dach. Ich schiebe mir ein paar

Baguettes in den Backofen und serviere mir zum Nachtisch ein Eis, mit dem ich hoch auf den Speicher gehe, um es vor Jessies Augen, in denen mittlerweile schon das Wasser steht, genüßlich zu verspeisen. Ihr ganzer Körper glänzt vor Schweiß. Sie hängt förmlich in den Seilen und bettelt mich an, sie loszubinden – oder ihr wenigstens etwas von dem Eis abzugeben. Ich lache sie aus und gehe ’runter in die Küche, um mit knallhartem Schwanz das Geschirr vom Mittagessen zu spülen. Ich greife nach Jessies Slip, berausche mich an dem Geruch und fange an, mir einen runterzuholen, vermeide es aber zu kommen. Dann schreibe ich den ersten Teil dieses Briefes an Dich.

Als ich damit fertig bin, mache ich eine Dose Erbsen auf und gehe zum zweiten Mal hoch zu Jessie. Sie ist mittlerweile fast völlig apathisch, atmet heftig, mit halb offenem Mund, in dem vermutlich eine schwere Zunge liegt. Sie ist nicht einmal in der Lage, die Fliegen zu verscheuchen, die auf ihren Brüsten und ihren Schultern herumlaufen. Sie stöhnt, als sie mich auf sich zukommen sieht.

»Soll ich dich losmachen?« frage ich leise.

Sie nickt kraftlos.

»Sag ›bitte‹.«

»Bitte.« Mit Mühe. »Bitte, mach mich los.«

»Bist du meine Sklavin?«

»Was?«

»Ob du meine Sklavin bist!«

Sie starrt mich an, dann nickt sie. Ich glaube nicht, daß sie es ernst meint. Ihr scheint alles egal zu sein. Ich binde sie trotzdem los. Wie heiß ihre Haut ist! Sie stürzt fast, als die Stricke sie nicht mehr halten, taumelt dann durch den Speicher. Kein Gedanke mehr daran, auf Zehenspitzen durch den ganzen Dreck zu balancieren.

»Moment«, sage ich.

Sie schaut mich mit angstvoll geweiteten Augen an, aber das ist mir egal. Ich führe sie in die Mitte des Speichers, wo eine Kette vom Dachfirst herabhängt. Jessie schluchzt auf, als ich ihre Hände damit fessele, hoch über ihrem Kopf, so daß sie sich ziemlich strecken muß.

»Weißt du, was jetzt kommt?« flüstere ich ihr ins Ohr.

Sie schüttelt den Kopf, aber ich glaube, sie ahnt es. Spätestens als ich sie zwinge, die Peitschenriemen zu küssen, wird diese Ahnung zur Gewißheit.

»Bitte mich, dich zu schlagen. Bitte mich, dir weh zu tun.«

Sie preßt die Lippen zusammen. Ihr Kinn zittert. Sie glotzt mich hilflos an, weiß nicht, was sie tun soll.

»Willst du Wasser?« helfe ich ihr nach.

Ihr Blick bricht, geht zu Boden. »Schlag mich«, stammelt sie tonlos. »Bitte schlag mich. Tu mir weh.«

Ich hole aus und schlage aus der Drehung heraus zu. Jessie schreit auf und torkelt in einem hilflosen Tanz nach vorne. Gott sei Dank habe ich bei Katharina gelernt, wie man mit einer Peitsche umgeht. Am Anfang schmerzte mir schon nach ein paar Hieben der ganze Arm. Der nächste Schlag erschüttert Jessies bis dahin makellosen Körper. Wieder torkelt sie nach vorne, Schweißtropfen fliegen, und sie beginnt zu hecheln, sie hechelt wie eine Hündin. Noch einen auf die Pobacken. Und noch einen und noch einen. Ich gehe um sie herum – O Gott, ihr flehender Blick! Das war zuviel. Ich trete wieder hinter sie, öffne meine Hose, ziehe Jessie an mich heran. Ich wußte, daß ich mich in sie entladen mußte, augenblicklich, sonst wäre ich wahnsinnig geworden. Ihr Körper bebt unter meinen Stößen.

Sie weint jetzt. Ich trockne ihr sanft die Tränen, küsse sie auf die Stirn, löse ihre Handgelenke. Sie fällt mir schlaff in die Arme. Ich fessele ihr die Hände hinter dem Rücken und bringe sie hinunter ins Wohnzimmer.

»Wasser«, stößt sie aus, in jammerndem Tonfall.

»Hast du Durst?« frage ich sie unschuldig.

»Ja«, entblödet sie sich nicht zu antworten. »Bitte – Wasser. BITTE.«

»Bist du meine Sklavin?«

Sie nickt. Ich habe den Eindruck, daß sie es diesmal ernster meint, bin aber noch nicht ganz zufrieden. Ich gehe in die Küche, öffne einen Joghurt, schütte die Erbsen hinein, dann eine gute Prise Salz. Jessie erwartet mich im Wohnzimmer, immer noch die Hände auf dem Rükken gefesselt.

»Jetzt gibt's erst mal feines Happi-Happi.« Ich halte Jessie einen Löffel meiner Spezialmischung hin. Sie starrt das Zeug skeptisch an, ein bißchen angewidert. Ich schiebe ihr den Löffel in den Mund. Sie prustet, reißt den Kopf zurück, ich halte ihn mit der freien Hand zurück und zwinge sie zu schlucken. »Das ist ja ekel ...« keucht sie, kommt aber nicht weiter, weil sich da der nächste Löffel auf ihren Mund zubewegt. Sie dreht den Kopf beiseite. Ich lasse den Löffel sinken.

»Ich denke, du bist meine Sklavin? Oder hab ich mich da verhört?«

Sie sagt nichts, sieht mich nur unwillig an.

»Damit eins klar ist«, sage ich, »du bekommst keinen Tropfen Wasser, bevor du das da nicht aufgegessen hast. Den ganzen Becher.«

In diesen Sekunden gelingt es mir zum zweiten Mal, ihren Widerstand zu brechen, diesmal endgültig. Einen Löffel nach dem anderen läßt sie sich in den Mund schieben, wobei ihr Ekelgefühl, statt zu sinken, sichtbar steigt. Ein oder zweimal muß sie deutlich würgen. Abcr schon nach wenigen Minuten ist der Becher leer.

Ich gehe ein zweites Mal in die Küche, befehle Jessie aber diesmal, mir zu folgen. Ich will die Schweinerei auf keinen Fall im Wohnzimmer haben. Ich öffne eine Milchflasche und halte sie Jessie an die Lippen. Der weiße Saft schießt in ihren Schlund, sie schluckt gierig. Ich stellte die Milchflasche etwas steiler, halte sie ein bißchen höher, dann noch ein bißchen mehr. Jessie muß sich jetzt schon recken. Noch höher. Es ist wirklich niedlich, wie sich immer ihre Augen weiten, wenn sie kapiert, was ich mache. Jetzt steht sie schon auf Zehenspitzen. Milch rinnt in immer breiteren Bahnen ihre Mundwinkel herab. Meine freie Hand bewegt sich in ihrer Muschi. Höher. Jessie kann nicht mehr mithalten, die Milch schwappt aus der Flasche, über ihr Gesicht, den Hals hinunter, über ihre Titten. Sie japst und prustet. Ich strahle sie glücklich an. Die Demütigung ist perfekt.

»Ich bin sehr stolz auf dich«, sage ich.

Wir steigen zusammen unter die Dusche, ich seife Jessie vorsichtig ein, auch zwischen ihren Beinen. Endlich kommt auch sie zu ihrem Orgasmus. Dann trockne ich sie ab, ganz sanft, und trage sie auf meinen Armen in unser Bett. Während sie fast augenblicklich in einen Erschöpfungsschlaf fällt, beende ich diesen Brief an Dich, bevor ich mich zu ihr lege.

Sie ist jetzt mein Mädchen. Sie gehört mir.

Alles Gute!

Markus

Hallo Christine,

ich sitze gerade an meinem Schreibtisch, draußen regnet es, zu meinen Füßen hat sich eine nackte Jessie zusammengekauert, die Anlage spielt »Show me Heaven« von Maria McKee. Zuerst war Jessie ziemlich schockiert, als ich ihr sagte, daß ich dir alles von ihrer Abrichtung schreiben werde, aber sie muß sich wohl damit abfinden, daß ihre Demütigungen nicht völlig unter dem Ausschluß der Öffentlichkeit geschehen werden. Schließlich hatten wir beide noch nie irgendwelche Geheimnisse voreinander. Außerdem kommst du vielleicht ja mal vorbei und hast selbst ein paar originelle Ideen, was man mit so einem Mädchenkörper alles anstellen kann.

Es ist wirklich ein berauschendes Gefühl, die Kleine so vollends zu meiner Verfügung zu haben. Wie hilflos sie ist, wenn sie so gefesselt daliegt. Vor ein paar Nächten habe ich sie mit ausgebreiteten Armen und Beinen an mein Bett gekettet, dann ihre Muschi so lange befingert, bis sie ganz feucht war. Jessie begann zu stöhnen, ihre Nippel waren spitz und hart. Sobald ich ihre Erregung völlig in meiner Gewalt wußte, merkte, daß ihre Lust gleich den Höhepunkt erreichen würde, stellte ich mich breitbeinig über sie und wichste mir einen ab. Das Sperma klatschte auf ihre weißen Brüste, ein Teil davon traf sie mitten ins Gesicht. Ich ließ sie so daliegen und verbrachte den Rest der Nacht im Gästezimmer.

Morgens frühstücken wir bei diesem schönen Wetter auf der Terrasse. Jessie bedient mich, serviert das Brot und den Aufstrich, schenkt mir Kaffee ein. Natürlich splitterfasernackt. Das erste Mal fragte sie mich, ob ich sicher sei, daß meine Terrasse von Personen außerhalb des Grundstücks nicht gesehen werden konnte. »Natürlich nicht«, habe ich im Brustton der Überzeugung geantwortet und ihr aufmunternd auf den Hintern geklopft. Na ja, du kennst ja die Berge um unser Haus herum und was für einen schönen Ausblick man von da aus hat. Manchmal ist sie wirklich ein unglaublich naives kleines Ding.

Ich peitsche sie bis jetzt eigentlich selten, zuviel Angst habe ich, ihre makellose Haut zu beschädigen. Wenn doch, lasse ich sie ausdrücklich darum bitten. Mehrmals habe ich ihr klargemacht, daß sie gehen kann, wann immer sie will. Sie bleibt. Letzte Nacht habe ich in der Mitte unseres Gartens einen gerade kniehohen Pflock eingeschlagen, darum das eine Ende von Hektors Leine geschlungen, das andere lag um Jessies Hals. Ihre Hände waren auf dem Rücken gefesselt und die Leine gerade so angebracht, daß Jessie weder sitzen noch stehen, sondern in einer unangenehmen Stellung in der Hocke verharren mußte. Als ich zurück ins Haus ging, hat es leicht begonnen zu nieseln. Ich rief ein paar von den Jungs wegen unserem Gruppennamen an – »Professoren in Isolationsangst« ist wegen der politischen Situation in den USA im Augenblick stark im Gespräch –, aber noch bevor ich meinen ersten Anruf beendet hatte, goß es draußen in Strömen. Während ich durch das Fenster sah, holte ich mir einen runter, dann brachte ich Jessie wieder rein, steckte sie in eine heiße Wanne und machte ihr ihren Lieblingstee. Danach gingen wir zusammen ins Bett. Nach einigen sanften Küssen und Streicheleinheiten schlief sie in meinen Armen ein.

Schreib mir doch mal, wenn du noch ein paar Ideen hast. Unser Briefverkehr ist in letzter Zeit ein wenig einseitig geworden.

Bis demnächst!

Markus

Hallo Christine,

ich bin's, Jesie. Mein Herr hat dir ja schom von mir erzählt. Diesmal hat er mir erlaubt, faß ich den brief an dich schreiben darf. Ich kniee hier vor him auf dem Boden, er hat seine Füße auf meinem Rücken abgestützt und sieht mir zu, wieich mich mit dieser blöden Schreibmachine herumquäle. Oh Gott, ich verschreibe mich andauernd! Es tut mir sehr leid. Ebe hat er mir angedroht, daß er mir für jeden Tippfehler einen Peitschenhieb geben will, weil ich dich damit beleidige,, und weil es auch für ihn keinen guten Einbdruck macht. Hoffentlich wird das kein so langer Brief! Dann kann ich auch endlich duiese grauemvollen Dinger abnehmen, meine Nippel brennen jetzt schon fürchterlich.

Die Idee, die du ihm leztens geschrieben hast, haben wir neulich ausprobiert. Das war ganz schön gemein. Wir sind zusammen runter in den Wald gefahren, wo duieser Hochsitz steht, den du ihm beschrieben hasdt. Da sind wir dann rauf. Oben hat er mir gesagt, ich soll alles ausziehen, was ich natürlich gemacht habe. Ich dachte, er wollte mich ficken, oder ich sollte ihm einen blasen oder so was. Aber stattdessen hat er mir die Hände auf den Rücken gebunden, hat meine Kleidung alle in eine

Plastiktüte gesteckt, ist zur Tür gegangen und hat mir »Tschüß!« gesagt.

Ich hab das erstz gar nicht verstanden. Du kannst moch doch nicht so hierlassen, hab ich gesagt. Keine Anhst, hat er gesagt, ich komme gleich wieder. Aber erst fahr ich mit dem Auto ein Stück weg und hab ein bißchen Spaß bei dem Gedanken, das du so ganz nackt und allein hier obensitzt. Wahrscheinlich hat er sich dabei einen runte Aua! Er hat mich getreten. Auf jeden Fall hat er bevor er weg ist gemeint, daß das natürlich auch schiefgehen kann. Wenn irgendein Jäger oder Wanderer ausgerechnet dann auf den Hochsitz will, wenn er mit dem Auto weg ist, dann würde er mich eben so finden und ich kännte mich weder verstecken, noch mir die Hände vornehin halten.- Aber dieses kleine Risiko sei ja gerade der Spaß an der Gechichte.

Auf jeden Fall hatte ich eine Heidenangst, als ich da oben rumsaß. Wenn da wirklich einer gekommen wäre, stell dir das mal vor! Ich hätte ja gar nicht gewußt, was ich dem hätte sagen sollen. Und dann hab ich, nachdem Markus weggefahren ist kurz darauf einen zweiten Wagen herankommen hären. aber der ist zum Glück vorbeigefahren. Ich hab vielleicht geschwitzt.

Irgendwann kam Markus dann zurück. Aber da war es noch nicht vorbei, wie du ja weißt, du hast ihm das ja alles geschrieben. Markus meint, daß ich mich dafür unbedingt noch bei dir bedanken soll. Alos als er dann zu mir zurückgekommen ist, hat er mir die Fesseln nicht ganz abgemacht, sondern nur weiter, so daß meine Hände ein bißchen mehr spielraum hatten. Dann ist er wieder diem Leiter runtergeklettert, und hat gesahgt, ich soll ihm nachkommen.

Du, Christine, meine Nippel tun so weh, ich kann das gar nicht mehr im einzelnen erzählen. Markus hat mir auch erlaubt, daß ich's abkürze, weil es ja sowieo deine Idee war. Aber es war wirklich schlimm! Ich hab mich da rücklings diese komische Leiter runtergeqält, hab hinter mir vorsichtig die Sprssen ertastet, immer Zentimeter für Zentimeter, und die ganze Zeit war meine Voderseite für jeden, der vorbeigekommen wäre oder ein gutes Fernglas hatte, offen zum Anglotzen. Einerseits wollte ich also nicht die Leiter runterfallen, andfererseits hatte ich schon einen puterroten Kopf, so hab ich mich geschämt. Und dann seh ich, daß der Kerl auch noch eine Kamera in der Hand hat. Wir legen dir ein paar Abzüge bei. Ich bin dann fast unten, da stell ich fest bzw. fällt mir wieder ein, daß unten um den Hochsitz alles voller Dornen und Brennnesseln war. Und Markus sitzt schon hinterm Steuer und läßrt den Motor an. Alle Türen zu, nur der Kofferraum ist offen. Mir bleibt also nichts anderes übrig als loszurennen -das hat wehgetan! - und mich hineinfallen zu lassen. Zum Glück hat er nach ein paar Metern angehalten und wenigstens den Kofferraumdeckel zugemacht.

So, jetzt kann ich aber wirklich nicht mehr. Markus zählt schon die Fehler. Auf jeden Fall vielen Dank für den tollen Einfall und wenn dun wieder mal so einen tollen hast, dann
schreib ihn bitte. Markus ist nach so was imer sehr lieb zu mir.

Deine kleine, geile Jessie

Hi Babe!

Habe Deinen letzten Brief mit Freude gelesen. Mit solchen Noten müßte einem für die Zukunft auch heutzutage noch einiges offenstehen. Du hast ja anscheinend auch schon Beziehungen zu dieser Firma geknüpft, von der du mir erzählt hast. Für das Bewerbungsgespräch wünsche ich Dir auf jeden Fall alles Gute. Toi toi toi!

Was unsere CD betrifft – sie kommt wohl tatsächlich noch zustande. Ich hätte es ja nicht mehr geglaubt! Nachdem wir einige weitere Gruppennamen verworfen haben – unter anderem ein paar von Alex' dämlichen Vorschlägen wie »Gekotzte Hostien« oder »Pickel am Arsch«, bis wir ihm endlich klarmachten, daß nicht jeder aus unserem Zielpublikum so kirchenfeindlich und ordinär ist wie er – entschieden wir uns, den Titel eines Gedichtes von Bertolt Brecht zu adoptieren: »700 Intellektuelle beten einen Öltank an« wird der neue Name von unserer

Band sein! Unsere erste CD »Verwesungsgedanken« erscheint in den nächsten Monaten bei Preemptive Records und, ja, Dein Lieblingslied »Pinguine schießen gehn« ist auch drauf.

Daß wir die meiste Zeit im Studio verbringen, heißt aber nicht, daß wir nicht mehr spielen. Am Wochenende hatten wir einen Auftritt in einem Kaff in der Nähe von Limburg. Das war das erste Mal, daß Jessie bei einem Soundcheck dabei war. Die meisten Bandmitglieder kannte sie ja schon, bei der Gelegenheit konnte sie sich auch mal kurz mit deren Freundinnen unterhalten. Ich glaube, sie hat einen ganz guten Eindruck gemacht. Wir kommen eigentlich alle ziemlich klasse miteinander aus.

Als wir damit fertig waren, unsere Instrumente einzustimmen, die Akustik in dem Saal, in dem wir auftreten sollten, zu überprüfen, alle Kabel zu verlegen und die besten Beleuchtungseffekte zu finden – gut die Hälfte klappt später sowieso nicht, um so gründlicher muß man bei der Vorbereitung sein – war es schon spät, und wir waren alle ziemlich fertig. Während die Jungs mit ihrem Anhang schon nach draußen gingen, blieb ich mit Jessie zurück.

Ich schloß die große Schiebewand, die den Publikumsraum von der Bühne trennte, und verriegelte den Schließmechanismus. Dann wandte ich mich Jessie zu. Sie sah mich fragend an. Ich lächelte und deutete auf ihre Bluse. Sie gehorchte sofort, knöpfte sie auf, streifte sie ab. Darunter trug sie nichts, wie ich zu meiner Zufriedenheit feststellte.

Ich trat auf sie zu. »Sag es!« flüsterte ich ihr ins Ohr.

»Jetzt? Hier?«

Ich nickte ungeduldig.

Sie holte tief Atem, es schien sie noch immer Überwindung zu kosten. »Schlag mich«, hauchte sie.

Ich hielt mir in einer spöttischen Geste die Hand ans Ohr, als könne ich sie nicht richtig verstehen.

Sie räusperte sich. »Schlag mich!« sagte sie jetzt lauter. »Bitte schlag mich, Markus. Tu mir weh.«

Ich wedelte auffordernd mit den Händen, formte mit meinen Lippen ein »Weiter«.

Sie schluckte. Wir standen in der Mitte des Raumes, gut einen halben Meter voneinander entfernt, und ließen einander nicht aus den Augen. Ihre Augen glitzerten. »Quäl mich, Markus. Ich will, daß du mich fertigmachst. Ich mach für dich, was du willst. Beiß mich, schlage mich, peitsch mich aus. Ich gehöre dir. Ich bin deine Sklavin.«

Ich trat auf sie zu, schob meine Hand unter ihren Rock. Sie war feucht. »Du tropfst ja richtig.« Ich lächelte sie an, begann, sie ein wenig zu streicheln. Ihre eigenen Worte trugen sie weiter empor. »Meine Titten«, sagte sie mit rauher Stimme, »pack sie, quetsch sie, drück deine Zigaretten auf ihnen aus. Mein Arsch, knete ihn, peitsch ihn, peitsch ihn, bis er blutig ist. Meine Möse, reib sie, beiß sie, mach mit ihr, was du willst.«

»Jessie«, sagte ich leise. Ich hatte ihre Brustnippel zwischen die Finger genommen und drehte sie herum, bis Jessie vor Schmerz aufschrie. Ich gab ihr eine Ohrfeige.

Eine Schrecksekunde lang verstummte sie. Erste Tränen flossen aus ihren Augen. »Mehr«, flehte sie. »Ich will, was du willst. Oh Gott, Scheiße, fick mich, Markus. Ich will deine Hure sein, deine Dienstmagd, deine Hündin. Du kannst mit mir anstellen, was immer dir in den Sinn kommt.« Sie schleuderte die Schuhe von den Füßen und riß sich den Rock vom Körper. Ich betrachtete ihn mit Wohlwollen. Die verschiedenen Striemen zerstörten ihre Schönheit nicht, wie ich befürchtet hatte, brachten sie fast nur noch besser zur Geltung. Sie kauerte auf allen Vieren vor mir nieder.

Ich beachtete sie nicht weiter, trat zu einem Schaltpult und legte ein paar Hebel um.

»Was machst du da?« wollte Jessie wissen.

Ich warf ihr ein verschmitztes Grinsen zu. »Ich habe die Mikrofone und die Lautsprecher ausgeschaltet, die wir eben noch angelassen hatten.«

Plötzlich hatte die arme Kleine einen hochroten Kopf. »Soll das heißen …?« fragte sie stockend.

»Daß die Band und ihre Mädels gerade laut und deutlich mitgehört haben, was für ein entzückendes kleines Masofötzchen du bist. Ich glaube, sie werden dich jetzt mit ganz anderen Augen sehen.« Ich trat zu der Schiebewand und entriegelte sie. »Los, zieh dich an. Wir wollen doch noch zusammen einen trinken gehen.«

Wie Du Dir denken kannst, Schwesterherz, wurde es noch ein wunderschöner Abend für uns alle. Ich fürchte nur, daß er ein bißchen auf Jessies Kosten ging.

Hasta la vista, Signorina!

Markus

Hallo Christine!

So, endlich sind auch die letzten Vorbereitungen abgeschlossen. Jetzt ist es nur noch eine Frage der Zeit, bis unsere CD im Handel erscheint. Sobald die ersten Exemplare gepreßt sind, schicke ich Dir eines davon zu.

Herzlichen Glückwunsch übrigens zu Deinem neuen Job. Na, hast du den Personalchef ordentlich um den Finger gewickelt? Ich bin sicher, du weißt schon, wie Du Dich in solchen Situationen zu verhalten hast. Die Mitglieder unserer Familie kriegen eben immer, was sie wollen.

Womit wir wieder bei Jessie wären ... Ich hoffe, ich langweile Dich nicht, aber Du selbst erkundigst Dich ja in jedem Brief nach neuen »Vorfällen«. Also laß mich Dir von gestern abend berichten.

Ich bin spät nach Hause gekommen. Jessie hat auf mich gewartet, gegessen hatten wir beide schon. Nachdem sie mich zum Empfang in den Arm genommen hatte, habe ich eine Tafel von der Schokolade herausgeholt, von der ich wußte, daß es ihre Lieblingssorte war. Sie will mir einen dankbaren Kuß geben, aber ich halte sie auf.

»Was hältst du von einem kleinen Spiel, Jessie?«

»Ein Spiel? Was denn für eins?«

»Du hast bis jetzt schon einiges für mich getan, und ich glaube dir, daß du wirklich viel für mich empfindest. Trotzdem wüßte ich zu gerne, wie groß deine Willensstärke im Zweifelsfall wirklich ist.«

»Was meinst du?«

»Ich habe dir mehr als einmal gesagt, daß du es nur zu sagen brauchst, wenn du bei irgendwelchen Sachen nicht mitmachen willst. Du kannst gehen, wann immer du willst.«

»Komm schon, was hast du vor?«

»Ich will deine Willenskraft auf die Probe stellen.« Ich packte die Tafel aus. »Und so ein kleines Stückchen Schokolade soll uns dabei helfen.«

Ich öffnete ihre Bluse und fesselte ihr die Hände hinter dem Rücken. Mit dem Spiel hatte das nicht viel zu tun, das waren rein ästhetische Gründe. Ich ließ Jessie die Zunge weit herausstrecken und legte ein einzelnes Stück Schokolade darauf. »So«, sagte ich dann. »Jetzt wollen wir mal gucken, was größer ist: dein Gehorsam oder deine Gier. Du wirst so bleiben. Laß die Zunge heraushängen, ja. Wenn du es lange genug schaffst, hast du einen Wunsch frei. Wenn nicht, werde ich dich hart bestrafen.«

Jessie versuchte etwas zu sagen. Natürlich verstand ich kein Wort. Ich lehnte mich in meinem Stuhl zurück, packte die restliche Tafel aus und begann, sie genüßlich zu verzehren, während mir Jessie hilflos dabei zusehen mußte. Ihr Atem hörte sich mit der heraushängenden Zunge fast wie Hecheln an.

»Sei froh, daß ich dich dabei nicht noch lecke«, sagte ich.

Sie saß vor mir mit weit aufgesperrtem Mund und leicht gerötetem Gesicht. Wahrscheinlich lief ihr das Wasser im Munde zusammen. Nach kurzer Zeit begann ihre Zunge leicht zu zittern, sie fing sich aber wieder. Die Schokolade begann zu schmelzen.

»Weißt du eigentlich, wie dämlich du gerade aussiehst?« fragte ich. Die Schokolade schmolz mehr und mehr. Wieder einmal weiteten sich Jessies Augen voll stiller Verzweiflung. Das Wasser sammelte sich in ihrem Mund. Sie schluckte ein paarmal, aber das hatte keinen großen Sinn. Ein dünner Speichelfaden tropfte ihre Lippen herab.

Dann glitt auch die Schokolade auf der sehr glitschig gewordenen Zunge nach vorne. Jessie konnte im letzten Moment den Mund schließen und schluckte. In der nächsten Sekunde sah sie mich schuldbewußt an.

»Netter Versuch«, sagte ich. »Aber das reicht natürlich nicht. Komm mit, ich habe mir schon eine Kleinigkeit als Bestrafung ausgedacht.«

Ich ließ sie ein Glas Wasser trinken, damit ihre Zunge wirklich frei von Schokolade war. Denn genau diesen Körperteil sollte Jessie gleich einsetzen. Sie folgte mir in den Keller, wo ich schon ein paar Utensilien vorbereitet hatte. Zuerst mußte sich Jessie entkleiden, dann mit dem Gesicht nach unten auf meine Werkbank legen. Ich führte ein Seil über einen Haken, den ich in die Decke geschlagen hatte, und band mit dem einen Ende Jessies Fußgelenke zusammen. Dann zog ich das Seil so an, daß Jessie in eine starke Schräglage geriet. Ihr Körper baumelte an dem Seil wie ein Fisch an der Angel. Als letztes holte ich einen Bunsenbrenner hervor, zeigte ihn Jessie – die vor Schreck den Atem anhielt – schob ihn direkt unter ihre Muschi und stellte ihn auf kleinste Flamme. Jessie gab einen Schmerzenslaut von sich.

Ich trat zu ihrem Kopfende. »Tut das weh?« flüsterte ich. »Das tut mir leid. Aber der Schmerz braucht ja nicht sehr lange zu dauern. *Wie* lange er genau dauert, hängt allein von dir ab.« Ich öffnete meine Hose. »Blas mir einen, meine kleine Hure. Und blase gut! Je besser du bist, je schneller du es schaffst, mich zum Abspritzen zu bringen, desto eher kann ich den Bunsenbrenner abstellen. Hast du das verstanden?«

Sie nickte und öffnete dienstfertig den Mund. Ich stieß hinein. Mit krebsrotem Kopf machte Jessie sich sofort an die Arbeit, sie liebkoste, saugte, lutschte und schmatzte, daß es die reinste Freude war. Die ganze Zeit über ruckte ihr Unterkörper hilflos hin und her, und die ersten Tränen steigen ihr in die Augen. Das war keine schlechte Strategie, denn meine Geilheit wuchs und wuchs bei diesem Anblick. Als ich endlich kam, fingen wir beide zeitgleich an zu brüllen.

Per aspera ad astra!

Dein Markus

Hallo Schwester!

Wenn du mal ein SM-Buch der etwas anderen Art lesen möchtest, kann ich dir Richard Brautigans »Willard and His Bowling Trophies« empfehlen. Keine Ahnung, ob's davon schon 'ne deutsche Übersetzung gibt, aber die Story ist ziemlich fertig. Geht um einen Hobby-Sadomasochisten, der die Sache mit der Bondage nicht so ganz geregelt bekommt, und der seiner Gespielin, wenn sie gefesselt ist, aus einer griechischen Anthologie vorliest. Unter ihnen wohnt ein anderes Paar, die nur miteinander können, wenn die Tuss vorgibt, eine Bowling-Trophäe zu sein. Total daneben, aber irgendwie geil.

Apropos: Mein Verhältnis mit Jessie scheint in eine entscheidende Phase geraten zu sein. Ich glaube, ich habe es geschafft, sie endgültig unter meine Kontrolle zu bringen, ihren letzten Widerstand zu brechen.

Ich wußte, daß der kritische Augenblick der sein würde, bei dem Katharina letztlich abgesprungen ist. Mir war das immer noch gut im Gedächtnis, trotzdem habe ich bei Jessie dieselbe Aktion gewagt.

Ich hatte Jessie in unserem kleinen Kellerraum untergebracht, der bis auf einen Tisch und zwei Stühle immer noch leer ist. Nachdem ich sie ausdrücklich noch einmal gefragt hatte, ob sie mit diesem Arrangement einverstanden war, hatte ich ihre Kleidung vorsorglich in Verwahrung genommen. Diesmal servierte ich Jessie das Frühstück, Brot, Ei, Marmelade und ein Kännchen Tee, der Jessies Meinung nach ein wenig bitter geraten war. Nach unserem gemeinsamen Mahl räumte ich die Reste ab, setzte mich dann wieder an den Tisch, um mich ein bißchen mit Jessie zu unterhalten. Dabei stellte ich fest, daß ihr offenbar von Minute zu Minute unwohler wurde. Ihr Gesicht verzog sich, als ob sie Schmerzen hätte, und sie preßte ihre Unterarme leicht gegen ihren Bauch, obwohl ich ihr doch verboten hatte, ihre Vorderseite in meiner Gegenwart zu bedecken.

»Du, Markus«, begann sie schüchtern. »Ich glaube, ich müßte mal auf Toilette.«

Ich sah sie erstaunt an. »Aber du warst doch heute morgen schon. Ich dachte, ich hätte dir ausdrücklich klargemacht, daß du den ganzen Tag in diesem Raum hier zu verbringen hast.«

»Aber ... aber ich muß – ganz arg!« Ihr war leicht der Schweiß ausgebrochen, und sie sah mich bettelnd an.

Ich zuckte mit den Schultern. »Kommt nicht in Frage.«

»Du, ich habe ganz übles Magendrücken! Ich weiß auch nicht, woher das so plötzlich kommt ...«

»Oh, DAS kann ich dir sagen. Ich habe dem Tee ein klein wenig X-Prep beigemischt. Ein Medikament, das gegen Verstopfungen helfen soll. Stark verdauungsfördernd. Kann schon sein, daß ich mit der Dosis ein bißchen übertrieben habe.«

»Aber ... aber Markus – ich habe doch gar keine Verstopfung.«

»Ich weiß.«

Plötzlich sprang sie auf, rannte zur Tür und stieß sie auf. In derselben Sekunde war ich bei ihr und riß Jessie zurück. Während ich den Durchgang blockierte, griff ich nach einem Metalleimer, den ich vorher dorthin gestellt hatte, und schleuderte ihn in Jessies Zelle, direkt vor ihre Füße. Dann verschloß ich von innen die Tür.

Jessie starrte mich ungläubig an. Ich wies auf den Eimer. »Tu dir keinen Zwang an.«

»D-das ist n-nicht d-dein Ernst«, stotterte sie hilflos.

Ich machte es mir wieder auf meinem Stuhl bequem und grinste sie an.

»Du glaubst doch nicht, daß ich hier vor dir ... das kannst du doch nicht machen!« Sie flennte fast. »Ich mach da nicht mehr mit! Bitte laß mich raus! Markus!«

Ich stellte fest, daß meine Fingernägel auch mal wieder geschnitten werden müßten.

»Du Schwein!« jammerte sie, die Hände fest gegen ihren Bauch gepreßt. »Du Mistkerl! Du ... du SADIST!«

Ich mußte laut lachen, wurde aber schnell wieder ernst. »Nicht in diesem Ton!« warnte ich sie. »Du kannst froh sein, daß ich nicht noch die Jungs hole und sie an dem kleinen Spektakel hier teilhaben lasse.«

Endlich ergab sich Jessie in ihr Schicksal. Mit zusammengekniffenen Lippen und kreidebleichem Gesicht zog sie den Metalleimer unter ihren Körper. Sie schien sich in letzter Sekunde dazu durchgerungen zu haben, wie ich den folgenden durchaus nicht leisen Geräuschen und dem intensiven Geruch entnehmen konnte. Jessie krümmte sich auf ihrem Eimer fast vor Scham. Das war genau das Spielchen, bei dem Katharina schließlich abgesprungen war und nach dem sie nichts mehr mit mir zu tun haben wollte. Ich bin gespannt, wie Jessie jetzt reagieren würde.

Wie du dem Beginn meines Briefes entnehmen kannst, hat diese Geschichte ihre Unterwürfigkeit nur noch perfekter gemacht. Wenn wir beispielsweise miteinander ins Kino gehen, trägt sie ohne zu murren nichts außer Schuhen, einem Mini und einer großzügig geknöpften Jacke oder Bluse, und sie läßt es auch willig geschehen, wenn ich beim Warten in der Schlange meine Finger zwischen den Knöpfen hindurchstecke und ihre Titten befingere – was uns manchen irritierten Blick eingebracht hat. Gestern war ich mit ihr im Thalia, das ja als ehemaliges Theater, wie du weißt, oben diese Privatlogen hat. Wir saßen in einer von ihnen, und während ich mir den Film ansah, hatte Jessie ihre Kleidung abgestreift und kniete vor mir, um mir einen zu blasen. Sie nahm es sogar ohne jeden Protest hin, daß ich einmal kurz ins Foyer ging, um mir einen Becher Popcorn zu holen – was wohl passiert wäre, wenn sich ein anderer Besucher in der Loge geirrt hätte?

Katharina liegt endlich hinter mir. Die Zukunft heißt Jessie.

Auch Dir alles Gute!

Dein Markus

Hallo Christine!

Hiermit kann ich dir endlich unsere erste CD zuschicken. Wie findest du das Cover? Es ist eine Montage von einigen Fotos aus dem gerichtsmedizinischen Institut und dem Kabinett unserer Bundesregierung. Ich habe inzwischen schon sieben verschiedene mögliche Interpretationen dazu gehört. Was fällt Dir dabei ein?

Letzte Woche bin ich in der Fußgängerzone Katharina begegnet. Jessie war dabei, und es bestand kein Zweifel, welche Art von Beziehung zwischen uns beiden bestand. Auch Katharina hatte ihren neuen Lover an der Hand. Der ist aber mit höchster Wahrscheinlichkeit kein Sadist. Er sieht so aus, als ob er selbst noch Führung gebrauchen könnte.

Wie ich höre, bist Du mit Deinem Job immer noch zufrieden. Und Deinem Privatleben scheint er wohl auch nicht im Wege zu stehen. Deine Erfahrungen können mit meinen ja durchaus mithalten. Kompliment, Schwester! Glaubst du, daß eine bestimmte Veranlagung genetisch bedingt sein kann?

Jessie hängt im Augenblick bei mir auf dem Speicher. Ich habe die Aufhängevorrichtung so umkonstruiert, daß sie mit jedem Hand- und Fußgelenk sowie mit ihrem entzückenden Pferdeschwanz an je einer im Gebälk angebrachten Kette befestigt ist, so daß sie völlig im Leeren schwebt. Wenn man sie anstößt, schwingt sie unkontrolliert hin und her. Ihr gegenüber habe ich einen riesigen Spiegel aufgestellt, so daß sie sich jederzeit in ihrer nackten Hilflosigkeit bewundern kann. Sie scheint schon ziemlich fertig zu sein.

Vor dreißig Minuten war ich das letzte Mal oben. Sie hat mich ganz erschöpft angesehen. Einerseits wollte sie nicht meinen gerechten Zorn auf sich ziehen, andererseits hatte sie wohl wirklich langsam genug.

»Hör zu, Markus«, sagte sie etwas atemlos, während ich mit der einen Hand meine Peitsche zwischen ihren Schenkeln entlangführte und mit der anderen meine Hose öffnete. »Jetzt hänge ich schon seit etlichen Stunden hier herum. Mir tut alles weh. Ich … ich kann einfach nicht mehr!«

»Hmmmm?«

»Und du … du hast doch gesagt, wenn es mir irgendwann mal zuviel wird, wenn ich's irgendwann nicht mehr aushalte, dann bräuchte ich es dir nur zu sagen. Daß ich, wenn es mir irgendwann wirklich zuviel wird, daß ich dann gehen kann, wann ich will.«

»Stimmt«, gebe ich zu. »Das habe ich dir immer gesagt.« Ich dränge mich ganz dicht an sie, mein Kopf auf ihrer Schulter, mein Mund an ihrem Ohr, unsere Augen treffen sich in dem Spiegel. Sie schaut mich mitleidheischend an.

»Ich habe gelogen«, flüstere ich. »Das mache ich manchmal.«

Christine, dieser Ausdruck des plötzlichen Erkennens in ihren Augen läßt sich nicht beschreiben. Allein dieser Moment war die ganze Prozedur wert, dieser Augen-Blick, in dem sie erkannte, daß sie NICHTS tun konnte, mir absolut ausgeliefert war, mir hundertprozentig zur Verfügung stand. In der nächsten Sekunde rammte ich meinen Schwanz in ihre Möse und vögelte sie durch, bis ich mich in einer solchen Macht in sie ergoß, wie ich es lange nicht mehr erlebt habe.

Sie ist mein Mädchen. Sie gehört mir.

Markus

Sehr geehrte LeserInnen, liebe Kinder!

Bitte seid vorsichtig, wenn ihr ein paar von den oben geschilderten Sachen zu Hause ausprobieren wollt und Mami und Papi nicht dabei sind. Das Rösten von Genitalien über einer offenen Flamme kann zu schweren Verbrennungen führen. Langes Gefesseltsein in überhitzten Räumen kann u.a. Kreislaufprobleme, Übelkeit und migräneartige Kopfschmerzen zur Folge haben. Schokolade erzeugt Karies. Der allzu übermäßige Konsum sinnentleerter SM-Stories endet nicht selten in retrograder Demenz und zwangsneurotischen Verhaltensauffälligkeiten.

Euer Cagli

Passion

Es gibt sehr unterschiedliche Arten von Liebe, sehr unterschiedliche Arten von Demut und Selbstaufgabe, sehr unterschiedliche Arten von Schönheit und von Schmerz. Wer kann sich die Autorität anmaßen, über eine dieser Formen ein Urteil zu fällen?

Ein letztes Mal überprüfte ich meine Kleidung im Spiegel: Die rote Bluse, der dunkle, kurze Rock, beides züchtig, aber nicht zu züchtig. Zuletzt legte ich das Halsband um, das sich kühl auf meiner Haut anfühlte. Ich strich noch einmal die Bluse glatt, sah auf die Uhr. Ich war etwas nervös. Würde der Abend, die Nacht, der morgige Tag so werden, wie ich es mir vorstellte? Würde ich es durchstehen? Und wenn ich zusammenbrach, würde ich gestärkt wieder aufstehen, oder ... Es hatte keinen Sinn, sich weiter solche Gedanken zu machen. Alles kam ohnehin, wie es kommen mußte.

Ich trat noch einmal zum Kühlschrank und schenkte mir ein letztes Glas mit Wasser ein. Zum wiederholten Mal überprüfte ich den Videorecorder, auf dem ich, beginnend mit »Panorama« heute abend, verschiedene Sendungen programmiert hatte. Alles war, wie es sein sollte. Und trotzdem fuhr mir das Schrillen der Türklingel durch Mark und Bein.

Draußen stand Achim. Er musterte mich eingehend, ließ mich einmal um mich selbst drehen. Dann nickte er zufrieden. Ich fragte mich, ob ich eine Jacke mitnehmen sollte. Es war zwar noch April, aber doch bereits ziemlich warm. Schließlich warf ich mir meine Lederjacke über die Schultern und folgte Achim hinunter zu seinem Wagen, in dem schon Peter saß und auf uns wartete.

Das Autoradio verwöhnte uns mit Songs von U2. So fuhren wir schweigend durch die Nacht. Eine halbe Stunde später bogen wir von der Hauptstraße ab und folgten einem Weg, der sich einen Hügel hinaufschlängelte. Auf der Kuppe dieses Hügels erwartete mich Romans Villa, die das Ziel meiner Reise sein sollte. Und unwiderruflich mein

Aufenthaltsort für die nächsten Tage und Nächte, komme, was da wolle.

Das Eingangsportal war hell erleuchtet und stand weit offen. Schon auf der Vortreppe standen elegant gekleidete Gäste, augenscheinlich in bester Laune, sie lachten und hielten Weingläser in den Händen. Als ich an ihnen vorbeischritt, empfingen sie mich, indem sie mit offensichtlicher Freude grüßten, einige verneigten sich sogar tief, andere prosteten mir zu. Man ließ mich merken, daß ich der Star, die Attraktion des Abends sein würde, auf die sie alle gewartet hatten. Obwohl ich wußte, was vor mir lag, fühlte ich mich für ein paar Momente tatsächlich wohl.

Auch Roman, der von allen vielleicht am elegantesten gekleidet war, begrüßte mich mit einem breiten Lächeln und einer tiefen Verbeugung. Er schien tatsächlich so etwas wie Respekt vor mir zu empfinden. Dann nahm er mir die Jacke ab und führte mich ins Innere des Hauses, wo wir zusammen zu Abend essen würden. An der festlich gedeckten Tafel war zwar nicht für alle Gäste Platz, tatsächlich reichte sie gerade für etwas mehr als ein Dutzend von uns aus, aber die anderen konnten sich problemlos an den verschiedenen Büffets bedienen, die im ganzen Raum verteilt waren. Ich selbst aß kaum etwas, weil ich vor Nervosität kaum Appetit hatte, mußte aber zugeben, daß zumindest der Wein sehr gut schmeckte und mir sofort ins Blut ging.

Nach dem Essen entfernte ich mich für einen Augenblick von der Tafel und trat hinaus in den Garten. Ich mußte wenigstens für ein paar Minuten allein sein. Allein mit meinem Herzschlag und meinem Atem. Ich stand kurz davor, an meinen Fingernägeln zu kauen, wie ich es zuletzt als kleines Kind gemacht hatte. Es war jetzt doch kälter, als ich gedacht hatte, und ich fröstelte trotz meiner Jacke. Für einen Moment lang fühlte ich mich wie der einsamste Mensch auf der ganzen Welt.

Plötzlich hörte ich Achim hinter mir. Ich drehte mich um, voller Erwartung. Alles geschah, wie ich es erwartet hatte. Er nahm mich kurz in seinen Arm, gab mir einen Kuß auf die Wange und führte mich zurück ins Haus.

Dort hatte sich in der Zwischenzeit einiges verändert. Von der Tafel und den Büffets war nichts mehr zu sehen. Der große Speisesaal lag im Dunkeln, nur ein paar Kerzen auf ihren Leuchtern sorgten mit ihrem flackernden Schein gerade noch dafür, daß man sehen konnte, wohin man trat. Die meisten von Romans Gästen schienen sich verabschiedet oder in die Schatten zurückgezogen zu haben. Nur eine relativ kleine Gruppe von Leuten stand in der Mitte des Raumes und wartete auf mich. Ihre Gesichter waren für mich zunächst nicht zu erkennen. Ich kniete vor den Männern nieder – es waren fast alles Männer – und küßte ihnen, einem nach dem anderen, die Füße.

Einer von ihnen trat vor. Inzwischen hatten sich meine Augen an die Dunkelheit gewöhnt, und ich erkannte, daß es sich bei ihm um Roman handelte. Als er auf mich herabsah, glaubte ich noch immer diesen Respekt in seinen Augen leuchten zu sehen.

»Du hast gegen deinen Herrn aufbegehrt«, stellte er mit ruhiger, aber lauter Stimme fest. »Ist das richtig?«

Ich öffnete den Mund, konnte aber die Kraft nicht aufbringen zu antworten.

Roman überging es. »Bist du bereit, deine Strafe in Empfang zu nehmen?« fragte er mich, als ob ich etwas erwidert hätte.

Ich nahm meine letzte Kraft zusammen. »Ich bin es«, erwiderte ich. Meine Stimme hallte ebenso laut in der Dunkelheit, aber sie zitterte und brach fast.

Ich wurde auf die Beine gezerrt. Aus den Augenwinkeln sah ich, wie eine bärtige Gestalt Achim zwei oder drei zerknitterte Geldscheine zusteckte. Ein Fremder trat auf mich zu und gab mir eine kräftige Ohrfeige. Ich stürzte fast zu Boden. In einigen Metern Entfernung entdeckte ich Peter, der aber angestrengt in eine andere Richtung sah, als ob er mich nicht kennen würde. Jemand spuckte mir mitten ins Gesicht.

Dann kam Bewegung in die Gruppe vor mir. Eine junge Frau mit Stöckelschuhen, Netzstrümpfen und zerrissener Bluse wurde nach vorne gestoßen. Sie sah schrecklich zugerichtet aus, konnte sich auch nicht länger auf den Beinen halten, sondern sackte kraftlos zu Boden. Gott, was mußten sie mit ihr angestellt haben!

»Wir haben ein neues Opfer gefunden«, sagte Roman, wobei ich glaubte, einen befriedigten Unterton heraushören zu können. »Jetzt können wir Barbara freilassen.«

Einige führten mich hinunter in den Keller. Ich wurde gezwungen, meine Bluse auszuziehen, meinen Rock und meine Schuhe. Darunter war ich nackt. Jemand band meine Arme an einem Ring fest, der in der Decke steckte. Dann wurde ich ausgepeitscht. Jeder einzelne Schlag war schlimmer als der Schlag zuvor. Zuletzt nahm man mir mein

Halsband ab und legte ein neues um meine Schultern, das aus Stacheldraht gefertigt war. Dann wurde ich wieder gepeitscht.

Mein Körper war mit Striemen übersäht, als endlich jemand den Schluß dieser entsetzlichen Prozedur befahl. Aber ich wußte, daß das nicht mehr als eine kurze Unterbrechung sein würde. Man führte mich wieder nach oben, wo inzwischen die ersten Strahlen der Morgensonne durch die Fenster fielen. Dadurch war es gerade hell genug, um mich mit meinen Wunden den übrigen Gästen vorzuführen. Man ließ keinen Zweifel daran, daß an mir ein Exempel studiert wurde: So erging es einer Sklavin, die gegen ihren Herrn aufbegehrte.

Mit der Hilfe eines kräftigen Mannes stellte ich selbst den großen T-Balken auf, an den ich im nächsten Augenblick gefesselt wurde. Die Arme ausgebreitet, so daß ich meine Brüste nicht bedecken konnte, die Füße nebeneinander. Ich spürte, wie sie mir alle zwischen die Beine starrten. *Wenn mich meine Mutter jetzt so sehen könnte!* fuhr es mir plötzlich durch den Kopf. Im Hintergrund stritten sich einige Männer über meine Klamotten, als ob sie sie als Andenken an diese Nacht mit nach Hause nehmen wollten.

Eine junge Frau trat auf mich zu und wischte mir den Schweiß aus der Stirn. Mein Haar lag mir völlig verklebt am Kopf. Die Stacheln des Halsbandes bohrten sich in meine Haut. Außerdem hatte ich Durst und fragte halb bettelnd nach etwas zu trinken. Jemand reichte mir tatsächlich ein Glas, aber was immer sich darin befand, war sehr sauer und vergrößerte meinen Durst nur noch. Keiner von ihnen war bereit, mir meine Qual auch nur ein bißchen zu erleichtern.

Dann war der Höhepunkt dieses ganzen Rituals gekommen. Roman trat auf mich zu. Langsam knöpfte er seine Hose auf. In der nächsten Sekunde war er an mir heran und drang brutal in mich ein wie mit einer Lanze. Mein Körper zuckte hilflos unter seinen Stößen, und als er endlich von mir abließ, fühlte ich eine warme Flüssigkeit an meinem Schenkel herabrinnen. Dann bebte die Erde unter mir, und ich fiel in die Schwärze. Das letzte, was meine Ohren wahrnahmen, war der Donnerschlag, mit dem draußen das mit Abstand heftigste Gewitter hereinbrach, das dieser Landstrich jemals erlebt hatte.

Ich erwachte durch wild durcheinanderquasselnde Frauenstimmen. Nur mit Mühe zwang ich mich dazu, meine Augen zu öffnen. Ich mußte mindestens zwei Tage und zwei Nächte durchgeschlafen haben.

Zu meiner Überraschung fand ich mich in meinem eigenen Bett wieder. Jemand klopfte an meiner Schlafzimmertür, und bevor ich noch etwas sagen konnte, wurde sie geöffnet.

Ich sah in die erstaunten Augen meiner Nachbarin. Ich kannte sie nur flüchtig und mochte sie nicht besonders, weil sie auf recht aggressive Weise ihren katholischen Glauben vor sich hertrug. Aus den wenigen Worten, die ich mit ihr über solche Themen gewechselt hatte, wußte ich, daß sie die Art nicht gerade billigen würde, wie ich meine Nächte verbrachte, da es für sie nur *eine* christliche Weise gab, wie der Samen eines Mannes dahin zu gelangen hatte, wohin er ihrer Ansicht nach gehörte. Ich glaubte mich zu erinnern, daß, was mögliche Variationen dieses Vorgangs betraf, ihre Worte »krank« und »abartig« gewesen waren.

Jetzt auf jeden Fall beugte sie sich mit echter Besorgnis über mich, was ich wiederum anerkennen mußte. Ich stellte fest, daß ich nichts als ein Laken um meinen nackten Körper geschlungen trug, und errötete wahrscheinlich ein wenig. Über ihre Schulter hinweg sah ich im Flur noch zwei weitere Frauen stehen, die sich nicht weiter vortrauten.

»Was ist denn nur mit Ihnen los?« wollte meine Nachbarin wissen. »Sie sehen ja fürchterlich aus!«

»Wie sind Sie hier hereingekommen?« lallte ich mit schwerer Zunge.

»Deswegen sind wir ja so beunruhigt!« erwiderte sie. »Die Tür zu Ihrer Wohnung steht sperrangelweit offen.«

»Sie brauchen keine Angst zu haben«, entgegnete ich, während ich mich in die Kissen zurücksinken ließ. »Jetzt ist wieder alles in Ordnung.«

Statt auf ihre aufgeregten Fragen zu antworten, blieb ich stumm liegen und ließ mich von einer Woge der Mattigkeit überströmen. Endlich gab sie auf und zog sich kopfschüttelnd mit ihren Begleiterinnen zurück. Ich wußte, daß ich unglaublich unhöflich war, indem ich mir nicht irgendeine beruhigende Geschichte ausdachte und die drei aus der Wohnung geleitete, aber nach allem, was man mit mir angestellt hatte, konnte ich einfach noch nicht aufstehen. Ich war schließlich nur ein Mensch.

Bettinas Sklaven

ICH HAB DIESES JUNGE PAAR, Ines und Volker, bei meinem Winterurlaub in St. Moritz kennengelernt. Sie waren gerade in ihren Flitterwochen. Wir schienen uns sehr gut miteinander zu verstehen und plauderten beim Après-Ski über alle möglichen Dinge. Unter anderem erwähnte ich mein ungeheures Fasziniertsein von Arrangements, die mit Demütigung und Unterwerfung zu tun hatten. Die beiden zeigten mit Worten keinerlei Reaktion, taten völlig distanziert. Nur Ines' Augen leuchteten bei meinem Worten deutlich auf, und ich dachte bei mir: Sieh an, sieh an, vielleicht doch eine Schwester im Geiste. Volker reagierte schließlich allerdings ein wenig unwirsch und brachte unsere Unterhaltung sehr schnell auf ein anderes Thema, was ich schade fand. Ines hätte mir bestimmt gern noch einige Zeit zugehört.

Später, als Ines einkaufen war, nahm Volker mich beiseite. Zuerst dachte ich, er wolle mit mir einen Flirt versuchen, aber statt dessen teilte er mir mit, daß er nicht besonders erfreut darüber war, daß ich seiner Frau von solchen Abartigkeiten erzählt hatte. Er war schon von so manchen Filmen, die sie sah, alles andere als begeistert. Seiner Ansicht nach seien Menschen, die so was täten, bemitleidenswerte Gestörte. Es sei unerträglich, wie in der letzten Zeit für solche Abartigkeiten regelrecht Werbung gemacht würde. Ich hörte mir das alles ruhig an, und als er ging, war Volker ganz offensichtlich stolz darauf, mir seinen Standpunkt so unmißverständlich klargemacht zu haben.

Als Ines vom Einkaufen zurückkam, fing ich sie in der Halle ab und lud sie zu einem Kaffee ein. Im Verlaufe unserer Plauderei erkundigte ich mich danach, was denn so Volkers Ansichten zu etwas ausgefallenerem Sex seien. Ines erklärte, daß sie noch nicht direkt miteinander darüber gesprochen hätten, er so etwas ihrem Eindruck nach aber ziemlich deutlich ablehnen würde. Ich berichtete ihr, daß ich vor kurzem ein Gespräch mit Volker geführt hatte, nach dem ich einen völlig anderen Eindruck gewonnen hätte. Er sei offenbar nicht so gut in der

Lage, sich darüber offen zu äußern, aber ein paar Details aus meinen Erzählungen hätten ihn offensichtlich ziemlich angeturnt. Ob ich ihm da nicht ein bißchen näher auf den Zahn fühlen sollte, schließlich hätte ich mit dem sogenannten bizarren Sex einige Erfahrung. Vielleicht könnte ich ihn zu einem kleinen Arrangement überreden. Ines meinte, ich könne es ja gerne versuchen.

Am selben Abend saß ich mit Ines und Volker an der Hotelbar. Ines verabschiedete sich auf ein Zeichen von mir frühzeitig, indem sie Kopfschmerzen vortäuschte. Volker langweilte mich mit einigen energisch vorgetragenen und ziemlich aufgeblasenen Platitüden über Kriminalität, Jugendliche und Ausländer. Als er für ein paar Minuten auf die Toilette verschwand, nutzte ich die Gelegenheit, ihm ein paar K.O.-Tropfen in sein Glas zu geben. Wenig später hing er, nur noch halb bei Bewußtsein, in meinen Armen. Ich versprach ihm, ihn auf sein Zimmer zu Ines zu bringen. Tatsächlich schaffte ich ihn aber in meines, wo ich schon alles entsprechend vorbereitet hatte.

Als die Wirkung der Tropfen nachließ, fand sich Volker in einer ziemlich überraschenden Position wieder. Der Knebel in seinem Mund machte es ihm allerdings unmöglich, irgend etwas dazu zu sagen. Sobald ich feststellte, daß er wach war, machte ich mich auf den Weg zu Ines.

Als ich sie in mein Zimmer geführt hatte, konnte sie wohl zuerst ihren eigenen Augen nicht recht trauen. Ihr Verlobter, der so spießig wirkende Volker, hatte unter meinem positiven Einfluß all seinen Mut zusammengenommen und sich, um seiner Frau wenigstens in den Flitterwochen ein unvergeßliches Erlebnis zu bieten, von mir fachgerecht zusammenschnüren lassen. So baumelte er nackt und hilflos von meiner Zimmerdecke. Er grunzte unartikulierte Proteste unter seinem Knebel hervor, wurde aber recht bald still, als ich dicht an ihn herantrat, mit festem Griff seine Eier umpackte und ihm flüsternd klarmachte, daß es in seinem eigenen Interesse lag, ein ganz, ganz braver Bube zu sein. Mit der anderen Hand strich ich ein paarmal sanft an seinem Glied auf und nieder und wurde in Sekundenschnalle mit einer wunderschönen Erektion belohnt. Männer funktionieren schon auf eine merkwürdig simple Weise. Auf einen Wink von mir traute sich endlich auch Ines näher heran, die, wie ich inzwischen festgestellt hatte, auch nicht mehr ganz nüchtern war. Als sie Volkers harten Schwanz sah, geriet sie fast außer sich vor Begeisterung.

Großzügig erlaubte sie mir, ihr mit Rat und Tat beiseite zu stehen, wenn sie sich ihren Freund endlich mal so richtig vorknöpfte. Ich reichte ihr Brust- und Hodenklammern, Gewichte und eine Peitsche mit dünnen Lederriemen, die ich vorher naß gemacht hatte. Ich versicherte Ines, daß sie damit ruhig ordentlich zudreschen konnte, der Knall sei fast schlimmer als der Schmerz, die Schläge seien also durchaus zu ertragen. In Wirklichkeit ging Volker unter den Hieben seiner Verlobten natürlich ganz schön ab. Ines gefiel es sehr, daß er so eine tolle Show für sie abzog. Ich widmete mich indessen Volkers Schwanz und wischte ihm, unbemerkt von Ines, die Tränen von der Wange. Er schwitzte wie ein Tier, stöhnte und keuchte in seinen Knebel. Wenig später tat Ines schon der Arm weh, und wir wechselten; sie melkte ihren Verlobten, und ich schlug zu. Endlich spritzte er ab, immer noch hilflos grunzend. Ines war völlig euphorisch. Während sie noch ungeschickt an Volkers Knebel herumnestelte, um ihn endlich fragen zu können, wie es ihm gefallen habe, verschwand ich bereits aus meinem Zimmer und ging herunter zur Rezeption, wo ich meinen fertig gepackten Koffer schon zur Aufbewahrung abgestellt hatte. Ich checkte mich aus, stieg in ein Taxi und fuhr davon. Ein paar von meinen SM-Utensilien mußte ich bei den beiden ja leider zurücklassen, aber das war mir der Spaß wert gewesen.«

»Aha. Und was genau haben Sie schließlich bei dieser Aktion empfunden?«

»Ein Gefühl allertiefster Zufriedenheit und Genugtuung.«

»Weil Sie sich von den Worten dieses jungen Mannes verletzt fühlten.«

»Allerdings. Der Kerl hatte vielleicht Nerven, mir gegenüber derart die Klappe aufzureißen. Solche Leute hab ich noch niemals so einfach davonkommen lassen.«

»Das war also nicht das erste Mal, daß Sie so reagiert haben.«

»Nein, beileibe nicht. Soll ich Ihnen noch ein anderes Beispiel nennen? Okay. Vor ein paar Jahren war ich Teilnehmerin bei einer Aerobic-Gruppe. Wir waren hauptsächlich Frauen, aber es war eben auch ein Typ dabei, der ziemlich arrogant auftrat, ständig Macho-Sprüche abließ und es zu allem Übel offenbar nicht schaffte, seine Finger von uns zu lassen. Unter allen möglichen Vorwänden tatschte er uns immer wieder an. Er hielt sich und seinen solariumgebräunten Muskelkörper offenbar für unwiderstehlich. Er war kaum zu ertragen. Einmal aber bot sich mir eine günstige Gelegenheit, mich zu rächen.

Die Aerobic-Session war beendet, und alle Teilnehmerinnen hatten den Raum bereits verlassen. Alle bis auf Gernot, so hieß der Kerl, und mich. Er machte seine üblichen anzüglichen Bemerkungen über meinen schweißüberströmten Körper und mein enganliegendes Trikot. Die meisten Männer halten mich für verteufelt gutaussehend, aber das waren keine Komplimente, die Gernot brachte, das waren Unverschämtheiten. Also beschloß ich, es ihm heimzuzahlen. Ich begann damit, daß ich meinen Kopf schieflegte, lächelnd seinen Hintern musterte und ihn fragte, was er davon hielte, wenn ich ihn vögeln würde.

Er war zuerst völlig sprachlos. Endlich stammelte er etwas hervor, das man mit etwas Mühe als eine Frage nach dem Wo und Wann interpretieren konnte. Ich machte ihm klar, daß ich gleich hier und jetzt Lust hatte oder gar nicht. Die Turnhalle sei schließlich noch über eine halbe Stunde nicht belegt. Ihm wurde endlich klar, daß er nach seinen starken Sprüchen nicht mehr zurück konnte. Also begannen wir damit, es auf den Matten miteinander zu treiben. Er wurde ziemlich schnell ziemlich geil. Alles lief wie geplant.

Bevor Gernot aber richtig zur Sache kam, bremste ich ihn und machte ihm klar, daß ich nicht nur auf 08/15-Sex stand. Er war etwas überrascht, als ich ihn an die Sprossenwand drängte und ein Springseil um seine Handgelenke schlang, aber er war gerne bereit mitzuspielen. Offenbar rechnete er nicht damit, daß ihn eine von mir angelegte Fesselung wirklich festhalten würde. Erst als er bemerkte, daß ich die festesten und raffiniertesten Knoten knüpfte, die ich jemals kennengelernt hatte, kam etwas Unruhe in ihn. Dann trat ich ein paar Meter zurück und musterte ihn lächelnd, wie er da hing, festgebunden, splitternackt, mit seiner stolzen, hochaufgerichteten Latte. Immer noch lächelnd fragte ich ihn, was er wohl glaube, wie er aus dieser Situation wieder herauskäme. Er begriff nicht. Erst als ich mir meine Klamotten komplett wieder angezogen und meine Turntasche gepackt hatte, dämmerte es ihm langsam. Dann begann er allerdings zu toben und wie ein Wilder an seinen Fesseln zu zerren. Ich warf ihm noch eine Kußhand zu, wünschte ihm viel Spaß mit der Jazztanz-Gruppe, die in ein paar Minuten hier ankommen würde, und verabschiedete mich. Auf dem Weg zu den Umkleidekabinen strömten mir die fröhlich lachenden

Mädchen bereits entgegen. Sie würden schon ihren Spaß mit meinem kleinen Überraschungsgeschenk haben, da war ich mir sicher.«

»Hm. Das war ziemlich hinterlistig, was Sie mit dem Mann angestellt haben.«

»Ich weiß.«

»Und soweit ich orientiert bin, waren die beiden Beispiele, die Sie mir geschildert haben, keine Einzelfälle. Solche Erniedrigungen scheinen sich wie ein roter Faden durch Ihr Leben zu ziehen.«

»Richtig. Ich bin eine Seriendemütigerin. Das ist ja wohl auch der Grund, warum ich hier bin.«

»Sind eigentlich nur Männer Ihre Opfer?«

»Vorzugsweise. Man kann sie so herrlich einfach manipulieren. Aber wenn mir Frauen auf die Nerven gehen, mache ich da auch keine Unterschiede. Vielleicht sollte ich Ihnen auch da mein drastischstes Erlebnis erzählen. Ich war durch gute Bekannte zu einer SM-Party eingeladen worden, die auf einem etwas abgelegenen Herrensitz stattfand. Es war im Prinzip ein ganzes Wochenende voller bizarrer Spielchen und wildestem Durcheinandergevögel. Man sollte eigentlich annehmen, daß sich in Lack und Leder die alten Standesunterschiede zugunsten von völlig neuen verschieben, aber es gab bei dieser Party durchaus Leute, die mich sehr merken ließen, daß ich eigentlich nicht so ganz dazugehörte, sondern ein gutes Stück unter ihnen stand. Ganz besonders tat sich dabei eine junge, adlige Schlampe namens Claire hervor, die mit ihrem Freund Sebastian und ihrem Bruder Xaver bei diesen Ausschweifungen mitmachte. Wenn sie nicht gerade dabei war, vollgekokst bis zum Anschlag irgendwelche Masos, vorzugsweise aber ihren Lover, zu erniedrigen, machte sie arrogante Bemerkungen, die deutlich in meine Richtung gingen. Man merkte deutlich, daß der Koks dabei war, ihr auch noch das letzte Stück Resthirn wegzufressen, aber das wollte ich nicht als Entschuldigung gelten lassen.

Früher oder später hatte ich die Faxen dicke. Eine Tatsache, die mir bei meinen Racheplänen zur Hilfe kam, war, daß Claires Bruder Xaver zwar im Prinzip genauso ein aufgeblasenes Arschloch war wie seine Schwester, er sich aber offensichtlich durchaus dazu herablassen würde, mit mir zu vögeln. Nachdem ich ihn durch eine sorgfältig kombinierte Mischung aus Anflirten und Verweigern genügend scharf gemacht hatte, brauchte ich nur noch auf meine Chance zu warten. Die ergab sich, als ich mitbekam, wie Claire ihren Macker Sebastian in einem der Boudoirs bei Schummerlicht auf eines der riesigen Betten fesselte, ihm einen Knebel in den Mund schob und eine Lederhaube über den Kopf zog. Dann ließ sie den Kerl liegen und verschwand für ein paar Minuten, um sich eine neue Linie Koks reinzupfeifen. Ich wußte schon, daß das bei ihr immer einige Zeit dauerte. Also wartete ich ein paar Minuten, ging dann zu Sebastian hinein, erzählte etwas von einem flotten Dreier, den sich Claire spontan überlegt hätte, band ihn los und brachte ihn in ein anderes Zimmer. Ich schloß ihn dort ein – ich sagte wohl schon, daß geile Männer unfaßbar leicht zu handhaben sind – und machte mich auf die Suche nach Claires Bruder Xaver. Unterwegs schaffte ich es sogar noch, mir bei einem guten Bekannten eine Videokamera auszuleihen. Das Gerät war ursprünglich nicht Bestandteil meines Planes gewesen, aber als ich sie in meinen Händen hielt, wurde mir erst richtig klar, was ich mit ihrer Hilfe alles anstellen konnte. Ich begann bereits bei der bloßen Vorstellung, innerlich zu frohlocken.

Endlich fand ich Xaver und lockte ihn unter den tollsten Versprechungen in das Boudoir, in dem noch Sebastians Sachen herumlagen. Xaver wollte zwar eigentlich mich zusammenbinden, aber schließlich erklärte er sich unter viel Genörgel dazu bereit, daß wir uns abwechseln würden. Langsam lief mir die Zeit davon. Ich fesselte also Xaver in derselben Position ans Bett, in der zuvor Sebastian gelegen hatte, stopfte ihm den Knebel ins Maul und zerrte die Maske über seinen Schädel. In dieser Dämmerbeleuchtung waren die beiden wirklich kaum voneinander zu unterscheiden. Dann zog ich mich in einen herumstehenden Kleiderschrank zurück, den der Hausherr wohl schon aus purem Eigeninteresse leergeräumt hatte, brachte meine Kamera in Position und zwang mich dazu, langsam wieder ruhig durchzuatmen.

Endlich erschien Claire auf der Bildfläche. Das Koks schien sie noch matter in der Birne gemacht haben, als sie ohnehin schon war. Als Xaver seine Schwester durch die Sehschlitze seiner Maske erkannte, fing er hysterisch an zu keuchen und zu strampeln. Claire hielt das vermutlich für reine Geilheit, was weiß ich, auf jeden Fall störte sie sich nicht daran. Es brachte sie offensichtlich nur noch mehr in Wallung. Während der Kerl, den sie für ihren Freund hielt, sich einen abzappelte, streifte sie provozierend langsam ihre Klamotten herunter. Dann kroch sie an seine Seite und machte sich daran, seinen Schwanz zu liebkosen. In Sekundenschnelle stand das Ding senkrecht nach oben. Der Schwachkopf muß in diesem Moment schon am Verzweifeln gewesen sein, aber ich kann mir nicht einmal im Ansatz denken, was in ihm vorging, als sich sein Schwesterlein rittlings auf ihn setzte. Gut, daß ich es filmte, sonst hätte ich es selbst nachher nicht glauben können: Da fickte dieses dämliche Weibsstück doch tatsächlich ihren eigenen Bruder!

Und was mich besonders freute, war, daß ich nicht nur ihr fassungsloses Gesicht, sondern auch Xavers auf Film bannen konnte, als sie ihm, nachdem sie ihren und vermutlich auch er seinen Orgasmus erlebt hatte, die Kapuze abzog. Es war ein Bild für die Götter! Das dumme Ding war dermaßen geschockt, daß ich es problemlos schaffte, unbemerkt hinter ihrem Rücken aus dem Zimmer zu schlüpfen. Draußen machte ich mich so schnell wie möglich daran, ein paar Kopien von meiner Aufnahme zu ziehen.

Es dauerte nicht lange, und ich hörte sie wutentbrannt das ganze Gebäude nach mir durchsuchen. Endlich gelang es ihr, mich zu stellen. Allerdings gelang es ihr nicht, mich so zur Rechenschaft zu ziehen, wie sie es vorgehabt hatte. Statt dessen präsentierte ich ihr mit einem überlegenen Lächeln eine Kopie meiner Videoaufzeichnung und erkundigte mich sichtlich besorgt danach, was wohl ihre adligen Freunde und Bekannten dazu sagen würden, wenn bekannt würde, was für Dinge sie alles mit ihrem eigenen Fleisch und Blut anstellte. Ein paar Minuten lang war sie angenehm sprachlos. Dann erklärte ich mich bereit, daß ich unter bestimmten Umständen möglicherweise auf eine Veröffentlichung verzichten würde.

Von da ab war es doch noch ein schönes Wochenende. Claire wurde zu meiner persönlichen Leibsklavin, und ich sorgte dafür, daß sie in der folgenden Zeit dermaßen erniedrigt wurde, daß ihr endgültig alle Flausen aus dem Kopf getrieben wurden. Ich brachte sie mit Peitschenschlägen dazu, wie ein Hund aus meiner Toilette zu saufen. Ich sah genüßlich dabei zu, wie sie sich von den widerlichsten Männern, die bei diesem Treffen anwesend waren, nach Strich und Faden durchrammeln lassen mußte. Gerne machte ich dabei neue Aufnahmen, wodurch ich die aufs Höchste beschämte Claire immer fester in meinen Griff bekam. Ich urinierte ihr ins Gesicht und schickte sie danach noch tropfnaß zur Hausbar, um eine Flasche Sekt für mich zu holen. Ich schnitt Löcher in ihre elegantesten Kleider, daß ihr die Titten beim Tragen heraussprangen und sie aussah wie die allerletzte Schlampe, wenn sie durch das Haus gehen mußte. Immer wenn sie ihrem Freund oder ihrem Bruder über den Weg lief, schien sie die Scham sichtlich kaum ertragen zu können. Ja, und all das bereitete mir ein großes Vergnügen.«

Ich sah meine Klientin einige Sekunden lang schweigend an, bemüht danach, bei meiner nächsten Bemerkung die richtige Wortwahl zu treffen.

Sie mußte lachen. »Habe ich Sie dermaßen schockiert, daß Sie sprachlos geworden sind?«

»Ich muß zugeben, daß ich etwas überrascht bin. Nicht einmal über das, was Sie da erzählen, sondern über die Art, wie Sie es erzählen. So vollkommen offen und rückhaltlos. Viele Leute, mit denen ich mich sonst unterhalte, machen um wesentlich harmlosere Sachverhalte ein verhältnismäßig großes Getue.«

»Ich kann Ihnen noch ganz andere Geschichten liefern. Wollen Sie sie hören?«

»Nun, ich glaube, es nützt wenig, wenn wir ohne Ziel und Ordnung eines Ihrer Erlebnisse auf das andere häufen. Was mich interessiert, ist, wie Sie zu der Person geworden sind, als die Sie sich darstellen. Wie verlief beispielsweise Ihre Kindheit?«

»O Gott, das war ja klar, daß die Frage kommen mußte. Aber ich fürchte, da muß ich Sie enttäuschen. Es ist auf keinen Fall so, daß ich einen unbezähmbaren Haß auf Männer entwickelt habe, weil mich mein Vater schon als Dreijährige immer in den Hintern gefickt hat. Ganz im Gegenteil; ich komme aus einer grauenerregend durchschnittlichen Familie und habe als Kind schon gemerkt, welche Knöpfe ich bei Daddy drücken mußte, um ihn um den Finger zu wickeln. Ich war auch keineswegs besonders frühreif.

Ich bin in einem kleinen Dorf im Odenwald aufgewachsen. Die Szenerie bestand aus rumpelnden Traktoren, gackernden Hühnern, einem einzigen kleinen Laden, in dem ich Bonitos, Eßpapier und Weiße Mäuse kaufte, und regelmäßigen Grillfesten. Die wenigen Jungen in meinem Alter, die in diesem Kaff lebten, hatten sich zu einer Bande zusammengeschlossen, in der es für Mädchen anfangs streng verboten war, Mitglied zu werden. Nur bei mir erklärten sie sich schließlich zu einer Ausnahme bereit. Erstens, weil ich ein ganz schöner Wildfang war, zweitens, weil ich damals wohl schon eine gewisse Ausstrahlung besaß. Unser Hauptquartier war eine mehr schlecht als recht zusammengezimmerte Hütte im Wald, eine Art Baumhaus auf ebenem Boden. Ein stämmiger Junge namens Fabian war unser Anführer, ohne daß er wirklich irgend etwas zu sagen hatte. Wir schleckten Lutscher, tranken Fruchtsäfte und probierten die neusten Yps-Gimmicks aus. So schleppte sich die Zeit dahin, und mir war meistens langweilig. Bis mir meine Mutter eines Morgens, als ich vierzehn war, verärgert mitteilte, daß in unregelmäßigen Abständen Unterwäsche von mir von der Wäschespinne in unserem Garten verschwand.

Ich war ziemlich verblüfft und wußte nicht, was ich dazu sagen sollte. Ich konnte mir das überhaupt nicht erklären, und meine Mutter grummelte nur Unverständliches in sich hinein. Aber mir wurde ziemlich schnell klar, daß jemand meine Sachen geklaut haben mußte. Um mich zu ärgern? Natürlich war ich unter keinen Umständen bereit, mir das gefallen zu lassen. Also begann ich, mich auf die Lauer zu legen. Ich verbrachte einige Zeit mit völlig ergebnisloser Warterei, aber mir war klar, daß ich Geduld haben mußte. An einem Abend wurde mein Ausharren endlich belohnt. Ich sah, wie sich eine schattenhafte Gestalt durch die fortgeschrittene Dämmerung heranschlich, einen meiner Slips von der Spinne schnappte und sich so schnell wie möglich damit zurückzog.

Ich war ganz schön aufgeregt, gab mir aber trotzdem größte Mühe, dieser Type unbemerkt auf den Fersen zu bleiben. Es war alles andere als leicht, aber ich blieb dran. Irgendwann lief er unter einer Straßenlaterne durch, und ich erkannte, daß es sich um Fabian handelte, den Anführer unserer Bande. Er setzte sich in Richtung Wald ab. Ich erwartete eigentlich, daß er sich dort mit den anderen treffen würde. Machten sie sich vielleicht heimlich lustig über mich? Aber ich stellte bald fest, daß er nicht den Kurs in Richtung unserer Hütte nahm, sondern in einem anderen Teil des Waldes verschwand. Von da ab verlor ich ihn plötzlich aus den Augen, und ich war schon ziemlich sauer.

Es wurde immer dunkler, aber noch war ich nicht bereit aufzugeben. Von meiner eigenen Wut getrieben, tastete ich mich durchs Gehölz. Und dann sah ich ihn auf einmal wenige Meter vor mir hocken. Er war splitternackt, seine Kleidung lag ein paar Meter entfernt neben ihm. Sein Glied war steil aufgerichtet, und er rieb es mit derselben Hand, in der er meinen Slip hielt. Ich hielt den Atem an. Mir war völlig unklar, wie ich dieses sonderbare Verhalten einordnen sollte. Zu diesem Zeitpunkt hatte ich schon ein paar Ausgaben BRAVO gelesen, und natürlich wußte ich, was Selbstbefriedigung war, aber das hier fand ich dann doch ziemlich heftig. Für ein paar Sekunden rasten alle möglichen Gedanken in meinem Kopf herum, und ich hatte keine Ahnung, wie ich reagieren sollte.

Dann trat ich mit ein paar schnellen Schritten durch das Gehölz auf Fabian zu und hockte mich im Schneidersitz mitten auf den Haufen mit seinen Klamotten. Ich lächelte ihn übertrieben freundlich an, obwohl mein Herz gerade die wildesten Sprünge machte.

Fabian fuhr auf, starrte mich ungläubig an. Für einen Augenblick schien er sich überhaupt nicht bewegen zu können. Dann krümmte er sich blitzschnell zusammen und verbarg die Hand mit meinem Slip in seinem Schoß. Ich fragte ihn kühl, was er da gerade mache. Er wollte nicht antworten. Ich ließ nicht locker, räkelte mich auf seinen Klamotten und setzte ihm mit den fiesesten Bemerkungen, die mir einfielen, ständig weiter zu. Endlich schien er den Tränen nahe zu sein und konnte nur noch hervorstoßen, daß ich ihn gefälligst in Ruhe lassen solle. In diesem Moment war ich mir sicher, daß ich ihn in der Hand hatte, und während ich verspielt mit spitzen Fingern in seiner Unterwäsche herumpflückte und sie ihm blitzschnell wegzog, als er einmal danach schnappen wollte, begann ich, meine Bedingungen zu stellen.

Bei dem nächsten Treffen unserer Bande erklärte Fabian vor versammelter Mannschaft, daß er als Anführer zurücktreten wollte und mich zu seiner Nachfolgerin ernannte. Es kam zu mäßigem Protest, daß er das nicht über die Köpfe der anderen hinweg einfach so entscheiden könne, aber ich brachte das ziemlich schnell unter Kontrolle. Zwei andere der Jungs standen damals schon heimlich auf mich, und zusammen mit Fabian und mir selbst konnten wir ausreichenden Einfluß geltend machen. Zuletzt küßte Fabian mir in einer für ihn in höchstem Maße peinlichen Demutsgeste die Füße, genau wie ich es von ihm verlangt hatte. Sein Ruf in der Clique war von da ab natürlich vollständig ramponiert, aber ich hatte ihm klargemacht, daß das immer noch besser war, als die Alternative, die ich ihm angedroht hatte. So war ich also einige Zeit lang Anführerin einer Gruppe, die nur aus Angehörigen des männlichen Geschlechtes bestand. Es gab ab und zu Versuche einer kleinen Palastrevolution, aber das bekam ich ziemlich schnell in den Griff.«

»Und Sie würden also sagen, daß diese Phase ausschlaggebend für Ihre spätere Entwicklung war.«

»Ich habe zumindest einiges gelernt.«

»Zum Beispiel worüber?«

»Zum Beispiel über den Einsatz von Zuckerbrot und Peitsche. Oder über Mohrrüben, die man vor dem Kopf des Esels baumeln läßt.«

»Und später? Wie waren Ihre ersten sexuellen Beziehungen?«

»Mein erstes Mal war nicht so besonders. Die ersten paar Mal eigentlich. Ich hatte mir von meinen zahlreichen Verehrern extra einen ausgesucht, der ziemlich rassig war und auch einen netten Hintern hatte, aber irgendwie langweilte mich dann die ganze Prozedur. Mir fehlte einfach der Kick dabei.

Später in der Oberstufe gab es einen Typen, der total in mich verknallt war. Er wollte einfach nicht locker lassen und klopfte die großartigsten Sprüche, nur um mich endlich rumzukriegen. Dabei war ich mir ziemlich sicher, daß er noch mit keinem Mädchen groß was gehabt hatte. Also erklärte ich mich eines Tages bereit, mit ihm in die Kiste zu steigen, nur damit er endlich die Klappe hielt. Ich lag dann die ganze Zeit gelangweilt auf dem Rücken und ließ ihn machen. Sollte er mir doch zeigen, was angeblich so Tolles in ihm steckte. Wie er sich abmühte! Was er alles versuchte, ohne eine großartige Reaktion von mir zu ernten! Wie es ihn demütigte! Er war von der Situation offensichtlich vollkommen überfordert und hatte nicht den leisesten Schimmer, wie er sich da wieder herauswinden sollte. Endlich richtete ich mich seufzend auf und melkte ihn mit ein paar einfachen, schnellen Handstrichen ab. Danach sprach er mich nie wieder an, sondern ging immer nur mit gesenktem Kopf an mir vorbei. Und ich konnte mir ein inneres Feixen nie verkneifen.«

»Ihr Verhalten war nicht gerade sehr nett gewesen. Nach dem, was Sie mir erzählt haben, hat Ihnen der junge Mann doch überhaupt nichts getan.«

»Wenn er so ein Idiot ist! Etwas später bin ich an eine ähnliche Type geraten. Auch der war verrückt nach mir. Ich gab ihm immer wieder zwischen den Zeilen zu verstehen, daß ich ihn für ein sexbesessenes Ungetüm hielt und daß mich seine ständige Geilheit ziemlich annerven würde. *Ich* bestimmte, wann wir es miteinander trieben, und behielt ihn auf diese Weise konsequent im Griff. Er tat alles, nur damit ich ihn mal wieder ranließ. Er kapierte einfach nicht, daß mir dieses Spielchen viel mehr Vergnügen bereitete als die Sache an sich, daß sein ständiges Gewinsel der Hauptgrund dafür war, daß ich überhaupt noch mit ihm zusammenblieb. Schließlich verbot ich ihm auch das Wichsen, indem ich behauptete, das widerlich zu finden. Als ich einmal durch Zufall herausbekam, daß er es heimlich doch tat, ließ ich ihn besonders lange unterwürfig hinter mir hertrotten, bis er mir hoch und heilig schwor, es nie wieder ohne meine Erlaubnis zu tun. Bald staute es sich dermaßen in ihm an, daß er schon während des Vorspiels mit mir ejakulierte. Ich machte ihm klar, daß wir es dann genausogut gleich lassen konnten. Ich ließ mich von ihm verwöhnen und genoß es immer mehr, wie er sich vor mir demütigte. Bald bekam er überhaupt keinen mehr hoch und wollte auf einmal nur noch Streicheln und Kuscheln. Ich machte mich über ihn lustig, schwärmte ihm von anderen Männern vor und begann, besonders figurbetonte und provokative Klamotten zu tragen, die ihn immer mehr zur Weißglut trieben. Als wir uns trennten, war er zu nichts mehr zu gebrauchen.«

Ich ließ die Mine in meinen Kugelschreiber zurückschnappen. »Was zum Teufel bezwecken Sie eigentlich mit Ihrem Verhalten?« wollte ich wissen.

Sie lächelte. »Mein Lebensziel ist es zu zeigen, was eine Frau mit einem Mann machen kann.«

Ich überlegte. »Das ist ein Zitat, nicht wahr? ›Prenom Carmen‹, wenn ich mich nicht irre. Haben Sie nicht manchmal den Eindruck, Teil einer Inszenierung zu sein?«

»Wieso? Das ist nur meine Art, Sex zu haben.«

»Was Sie mir bisher beschrieben haben, das ist kein Sex, das ist Horror.«

»Wo wollen Sie das trennen?«

Ich erlaubte mir eine kurze Verschnaufpause, versuchte es dann mit einem neuen Anlauf. »Ich kann Ihnen ja mal sagen, wie sich das alles für mich darstellt. Nach allem, was ich bis jetzt von Ihnen gehört habe, kann ich mir nur eine Motivation für Ihr Verhalten vorstellen. Ich habe den Eindruck, daß Sie persönlich eine Art Rache am männlichen Geschlecht nehmen wollen für all die Unterdrückung und Gewalt, die es Frauen im Laufe der Zeit angetan hat.«

»Ach du meine Güte. Sie sind ja wirklich goldig.« Sie lachte mich fast aus. »Sie sollten nicht jeden Mythos glauben, den die herrschende Ideologie Ihnen weismachen will. Die Unterdrückung der Frau, ja. Was glauben sie, wie viele der Frauen, die schon hier gesessen haben, wo ich gerade sitze, haben wohl schon Männer angemacht und dann fallengelassen wie eine heiße Kartoffel? Wie viele haben schon Männer sexuell provoziert und dann gedemütigt oder betrogen? Es gibt Formen der Gewalt, die viel, viel subtiler als brutale Faustschläge sind. Natürlich bringt einem die Selbstinszenierung als Opfer unglaubliche Vorteile im manipulativen Geschlechterkampf, aber ich werde es nie verstehen, warum die Männer sich so bereitwillig zum Übeltäter stempeln lassen.

Wenn du als Frau auch nur einigermaßen über erotische Attraktivität verfügst, hast du keinerlei Probleme, deinen Lebensunterhalt zu sichern. Das hab ich schon in der Mittelstufe kapiert. Du brauchst deinen Körper noch nicht einmal dazu herzugeben. Wie ich schon sagte: der Esel und die Mohrrübe. Und so gut wie jede Frau ist sich über ihre sexuelle Magie sehr wohl im klaren. Warum arbeiten denn Männer zum Teil siebzig Stunden die Woche, nur um ihre daheimgebliebenen Weibchen zu ernähren? Warum lassen sie sich als Müllmänner oder Kanalarbeiter versklaven, um im Dreck zu wühlen? Wir Frauen haben die Verfügbarkeit unserer Männer schon immer als Macht getarnt. Und das ist das Spiel, das ich fortsetze, nichts anderes. Als ich von der Schule abging, wußte ich genau, was ich wollte: Mit dem, was ich am besten konnte, nämlich Männer vorführen und demütigen, so viel Geld wie möglich machen. Und ich war mir sicher, daß ich in unserer Gesellschaft auf diese Weise innerhalb von fünf Jahren steinreich werden würde.«

»Und Sie haben es geschafft?«

»Selbstverständlich.«

»Wie haben Sie das angestellt?«

»Dank meiner erotischen Anziehungskraft hatte ich die verschiedensten Möglichkeiten offen. Es begann mit ein paar sorgsam auf dem SM-Kontaktmarkt gestreuten Anzeigen, mit denen ich nach Männern suchte, die bereit waren, für mich nackt den Haushalt zu erledigen oder verschiedene Reparatur- und Gartenarbeiten zu erledigen, und sich dafür von mir auspeitschen ließen. Wie nicht anders erwartet, wurde ich überrannt von Leuten, die sich dienstbereit vor meine Füße warfen. Ich brauchte nur noch diejenigen auszuwählen, die am besten aussahen und am meisten für ihre Demütigung durch mich zahlen wollten. So lebte ich eine schöne Zeit lang von dem Geld und den Dienstleistungen von mehreren hübschen Kerlen, die mich nicht einmal berühren durften. Als nächstes überlegte ich mir, ob ich mir nicht einen schwerreichen älteren Verehrer aufgabeln sollte, um ihn zu heiraten, mich nach ein paar Jährchen von ihm scheiden zu lassen und dabei sein halbes Vermögen plus Haus und Auto als Abfindung abzukassieren. Aber das war es nicht, wofür ich mich letztlich entschieden habe.«

»Sondern?«

»Mir war langweilig, also habe ich doch wieder einen Job angenommen. Als Detektivin. Ein Zeitungsartikel hatte mich darauf gebracht. Ehefrauen, die sich über die Treue ihrer Männer angeblich nicht sicher sind, können eine Detektivin beauftragen, die versuchen soll, diese Männer professionell zu verführen. Damit das auch ja klappt, wird diese Detektivin von den Frauen bis ins kleinste Detail gecoacht, was besondere Vorlieben, erotische Wunschträume und intime Einzelheiten des betreffenden Opfers angeht. Es ist kein Wunder, daß diese Detektivinnen eine Erfolgsquote von nahezu hundert Prozent haben. Das müssen Sie sich mal in Ruhe durch den Kopf gehen lassen! Da wird eine hochattraktive Frau auf Sie angesetzt, die nicht nur mit Ihnen ins Bett will, ohne daß Sie jahrzehntelang um sie werben müssen, sondern sogar zu nichts anderem als Verführung ausgebildet ist – *und* sie scheint auch noch bereit, ihre verstecktesten sexuellen Leidenschaften zu erfüllen. Und wenn Sie auf die Masche reinfallen, können Sie sicher sein, daß beim folgenden Scheidungsverfahren nicht Ihre fiese Frau schuldig gesprochen wird, die das Biest auf Sie gehetzt hat, sondern Sie selbst, wegen Untreue. Daß es überhaupt Gesetze gibt, die so was zulassen, kann nur darin liegen, daß das Verhältnis zwischen den Geschlechtern ein grundsätzlich sadomasochistisches ist. Wenn die Männer nicht so unglaublich geil darauf wären, die Peitsche zu spüren, dann würde dieses Arrangement niemals funktionieren.«

»Mit anderen Worten, das war das, was Sie dann beruflich getan haben.«

»Allerdings. Es gab mir Gelegenheiten, die Männer zu demütigen, wie ich sie mir zuvor nicht hatte träumen lassen.«

»Möchten Sie ein paar herausragende Beispiele aus dieser Zeit erzählen?«

»Ich nicht, aber ich habe den sicheren Eindruck, daß Sie welche hören wollen.«

»Entschuldigung?«

»Sie versuchen verzweifelt, sich sehr professionell zu geben, aber ich habe sofort gemerkt, an welchen Stellen meiner bisherigen Erzählungen Ihre Augen zu leuchten begonnen haben. Wann Sie Ihre Sitzhaltung gewechselt und die Beine unauffällig übereinandergeschlagen haben. Daß ich Ihnen hier dermaßen dicht gegenübersitze und in aller Offenheit die versautesten Geschichten erzähle, macht Sie unglaublich geil.«

»Das ist also der Eindruck, den Sie haben.«

»In der Tat. Habe ich nicht recht?«

Ich stieß hörbar die Luft aus. »Ich kann mir zumindest vorstellen, warum Sie bei allem, was Sie tun, so erfolgreich sind.«

»Na sehen Sie. Ich hatte wirklich immer eine gute Hand mit Männern, auch in diesem Job. Zuerst begnügte ich mich damit, meine Aufgabe als Detektivin so auszuführen wie all meine Kolleginnen auch. Ich machte die Kerle nach allen Regeln der Kunst an, und wenn sie dann mit mir auf mein Hotelzimmer mitkommen wollten, ballerte ich ihnen eins vor den Latz und ließ sie für den Rest ihres Lebens bei meiner Auftraggeberin die Rechnung bezahlen. Und die bezahlte davon wiederum mich. Letzten Endes konnte ich mir mein silbertapeziertes Appartement über den Dächern von Wiesbaden und meine luxuriöse Garderobe von genau dem Geld leisten, das die Männer bezahlen mußten, die auf so unglaubliche Weise von mir vorgeführt worden waren. Es war zum Schießen! Aber irgendwann reichte mir selbst diese Befriedigung nicht mehr aus.«

»Was taten Sie dann?«

»Einige Frauen erzählten mir, daß ihre Männer ganz gern auf Inszenierungen von Dominanz und Unterwerfung standen. Das waren meine bevorzugten Opfer. Ich machte sie richtig scharf, begann zum Schein ein kleines Szenario mit ihnen. Erst wenn sie dann nackt und gefesselt auf meinem Bett lagen – oder sich in andere entwürdigende Positionen begeben hatten –, ließ ich ihre Frauen vorbeikommen. Das war erst recht ein Heidenspaß. Wenn so ein festgebundener Kerl ausnahmsweise mal besonders knackig aussah, erlaubte ich ihm zuerst, meine sexuellen Bedürfnisse zu erfüllen. Und noch mal und noch mal und noch mal. Immer wenn er darüber jammerte, schon völlig ausgelaugt zu sein, drohte ich ihm damit, seine Frau zu verständigen – was ich dann zum Schluß sowieso tat. Bei einem Mann beauftragte mich die Mutter seiner Verlobten, seine Treue einmal gründlich auszutesten.

In diesem Fall mußte ich von selbst darauf kommen, daß er auf Unterwerfung stand. Es gelang mir tatsächlich, ihn mit nach Hause in meine Wohnung zu schleppen und in einer Kiste festzubinden, die zwei Öffnungen hatte: eine an der Seite für seinen Kopf und eine oben, in die ich meine Exkremente entladen konnte. Gott sei Dank hatte ich den Kerl ordentlich festgegurtet und geknebelt. Er ging ganz schön ab, als er merkte, was die wahre Funktion dieser Kiste war. Sobald der Gestank unerträglich zu werden drohte, ließ ich seine Verlobte vorbeikommen, die von der Aktion ihrer Frau Mama nicht die geringste Ahnung hatte. Ich befreite den Typ in der Sekunde aus meiner Kiste, als das Mädchen gerade die Treppen zu meiner Wohnung hochkam. Das Wiedersehen der beiden läßt sich mit Worten kaum beschreiben.«

»Es gibt wenig, vor dem Sie zurückschrecken, nicht wahr?«

»Sie wissen ja, weshalb ich hier bin. Vielleicht noch ein letztes Beispiel, weil es mir gerade in den Kopf kommt. Einen Macker, der mir aus irgendwelchen Gründen besonders unsympathisch war, kettete ich nicht an mein Bett, sondern an den Kleiderschrank. Ich überprüfte, daß die Fesselung auch dem stärksten Druck standhielt. Er konnte es kaum erwarten, daß ich endlich loslegte, und sein praller Schwanz schien förmlich auf mich einstechen zu wollen. Der junge Mann begann etwas zu mosern, als ich ein Kondom hervorzog und es ihm trotz seines Protestes mit einer entschlossenen Bewegung überstreifte. In diesem Augenblick merkte er, daß ich das Innere des Kondoms mit Rheumasalbe bestrichen hatte. Das Zeug brennt wie Tier! Und ab da ging der Tanz erst richtig los. Ich aber zeigte mich sichtlich unbeeindruckt von seinen verzweifelten Schmerzensschreien, legte mich rücklings und mit weit geöffneten Beinen auf mein Bett und tat mir wohl. Er fluchte, schrie und zeterte. Als ich von dem Schauspiel genug hatte, verließ ich das Bett, verschloß sichtbar die Schlafzimmertür, öffnete aber die Flügeltür zur Terrasse. Es war hoher Winter, draußen lag Schnee. Dann kettete ich den Mann los, wich seinem Schlag aus und sah ihm nach, wie er nach draußen stürzte, sich das Kondom vom Schwanz riß und verzweifelt versuchte, sein bestes Stück mit dem Schnee abzukühlen. Er war so mit sich beschäftigt, daß er erst viel zu spät merkte, daß ich die Tür wieder schloß und den Rolladen herabließ. Die nächste Viertelstunde war der Blödmann damit beschäftigt, in Eiseskälte um mein Haus herumzutanzen und herumzubrüllen, während ich seine Frau anrief und ihr mitteilte, daß sie diesen tobenden Irren da draußen doch bitte wieder abholen solle.«

»Hm. Haben Sie nach solchen Aktionen eigentlich keine Angst, daß einer von Ihren Opfern sich mal bei Ihnen revanchieren will? Sie verklagt oder so was?«

»Die werden mich mit derselben Wahrscheinlichkeit verklagen wie Claire, nachdem ich sie dabei filmte, wie sie ihren eigenen Bruder fickte. Ansonsten treffe ich schon meine Vorkehrungen, keine Angst.«

»Immerhin sind Sie ja jetzt hier, weil Sie mit dem Gesetz in Konflikt gekommen sind.«

»Ja. Aber ist das nicht absurd? Jahrelang kann ich den Männern ungestraft alle möglichen Dinge antun, aber kaum mache ich mal etwas Menschenfreundliches, werde ich von einem unserer Gerichte zu therapeutischer Behandlung verknackt. Irgendwas läuft da doch ziemlich falsch.«

»Sie würden es also als eine durchaus positive Sache bezeichnen, die Sie im Rahmen Ihrer Tätigkeit bei dieser Callgirl-Organisation ausgeübt haben?«

»Aber natürlich. La Morte Dulci. Wenn die Leute doch sowieso nicht mehr leben wollen, warum sollen Sie dann nicht mit einem guten Fick sterben?«

»Soweit ich informiert bin, bot Ihre Organisation Selbstmördern die Möglichkeit, in den letzten Minuten ihres Lebens noch einmal mit einer attraktiven Frau zu vögeln, zum Beispiel mit Ihnen. Wie genau darf ich mir das vorstellen?«

»Na ja, diese Aktion fand meistens am Rand von Hochhausdächern statt, über Bahngleisen oder am Geländer von Autobahnbrücken. Er steckt also in mir, den Oberkörper schon nach hinten gebeugt, über der Tiefe. Seine Finger umklammern meine Handgelenke. In dem Moment, in dem er abspritzt, läßt er los. Ganz einfach.«

»Stimmt es, daß man Ihnen vorgeworfen hat, bei Männern, die auch nach dem Orgasmus noch krampfhaft an Ihnen festhielten, ein bißchen nachgeholfen zu haben?«

»Das hat man mir nie beweisen können. Aber verarschen laß ich mich natürlich auch nicht. Ein Deal ist ein Deal. Schließlich wurde ich aus dem Erbe dieser Leute bezahlt. Das waren schon ganz schöne Summen.«

»Und an irgendwelche LKW-Fahrer, denen ein paar von Ihren Männern nackt von den Autobahnbrücken vor die Windschutzscheibe purzelten, dachten Sie überhaupt nicht?«

»Doch, deswegen machten wir es ja meistens an Orten und an Zeiten, wo nicht so viel Verkehr war.« Sie warf einen Blick auf die Uhr. »Aber ich glaube, unsere Zeit ist für diesmal auch zu Ende.«

»Oh?« Ich war überrascht. »Aber das wäre sehr schade. Jetzt, wo wir mitten im Gespräch sind – ich würde Ihnen gern noch ein bißchen zuhören. Von mir aus können wir gerne überziehen. Ich habe jetzt direkt im Anschluß nichts anderes vor.«

Sie lachte leise. »Sie möchten noch ein paar kleine Geschichten hören. Aber ich kann Ihnen versichern, durch noch so langes und genaues Zuhören werden Sie es nie verstehen. Sie müssen es tun. Sie müssen bereit dazu sein, es selbst auf sich zu nehmen.«

Plötzlich war mein Mund sehr trocken. »Wie meinen Sie das?«

»Ziehen Sie sich aus.«

»Was? Jetzt? Hier? Ich kann doch nicht ...«

»Natürlich können Sie. Und Sie werden. Ich versichere Ihnen, daß ich die Situation auf so schäbige Weise ausnutzen werde, wie ich mir nur vorstellen kann.«

Meine Hände zitterten, als sie an dem Kragen meines Hemdes entlangfuhren. »Sicherlich, Sie haben recht. Warum auch nicht? Die Geschichte ist ja jetzt schon dermaßen grotesk, da kommt es darauf auch nicht mehr an.«

Ich öffnete mein Hemd, legte es unter den süffisanten Blicken meiner Klientin ab. Das Unterhemd folgte. Ich löste meinen Gürtel, ließ die Hosen zu Boden fallen. Sekunden später war ich vollkommen nackt. Sie deutete vor sich auf den Fußboden. Ich glitt von meinem Sessel, hockte mich mit ausgebreiteten Beinen zu ihren Füßen. Mein Schwanz war prall und hart.

Bevor ich reagieren konnte, hatte sie den dünnen Absatz ihres Schuhs auf meinen Hodensack gestellt. Ich hielt die Luft an. Ihr Lächeln war ein gutes Stück gehässiger geworden, als sie das metallene Halsband aus ihrer Tasche holte. Ich wagte kaum, mich unter ihrem Absatz zu bewegen, als sie es mir umlegte. An beiden Seiten des Halsbands waren zwei kleinere Metallfesseln angebracht, zu denen sie meine Handgelenke emporzog. Ich hörte die Schlösser zuschnappen. Danach konnte ich meine Hände nicht mehr von meinem Hals fortbewegen.

»So, ich denke, daß Ihnen diese Zuhörerposition viel besser steht«, flüsterte sie. Sie beugte sich vor, so daß sich ihre Lippen ganz dicht vor meinem Gesicht befanden. »Aber was soll ich Ihnen als nächstes erzählen? Von meinem letzten Freund vielleicht? Klaus war von Natur aus schon ein unterwürfiger Mensch, aber bei mir bekam er die höchsten Weihen. Einmal, es war mein Geburtstag, ließ ich ihn sich ebenfalls splitternackt ausziehen und sich ein Hundehalsband umlegen. So führte ich ihn in ein Zimmer meines Appartements, das nur von einigen Kerzen beleuchtet war. An einer Stelle auf dem Fußboden hatte ich etliche Reiskörner ausgestreut, auf denen ich ihn niederknien ließ. Dann befestigte ich sein Halsband so an einem Sicherheitshaken im Fußboden, daß er zu einer sehr niedrigen Kauerstellung gezwungen war. Ich fesselte ihm die Hände hinter seinem Gesäß und setzte ihm ein Paar Häschenohren auf den Kopf. Er konnte sich keinen Zentimeter bewegen und sah zum Schreien lächerlich aus. Zuletzt stellte ich einen großen Spiegel vor seinem Gesicht auf, in den er in dieser Haltung ständig hineinblicken mußte. So ließ ich ihn in diesem Zimmer allein.

Was Klaus nach der ersten Viertelstunde hören durfte, war das Eintreffen der ersten Gäste. Er kauerte da in der Dunkelheit und bekam mit, wie ich im Nebenzimmer freudig unsere Bekannten begrüßte, wie wir miteinander lachten und die Gläser klingen ließen. Währenddessen wurden die Schmerzen in seinen Beinen natürlich immer stärker. Ab und zu gelang es mir, mich für eine Minute zu entschuldigen und zu ihm zu kommen. Dann setzte ich mich mit einem Glas Sekt auf seinen Rücken – autsch! – und malte ihm aus, wie es wohl wäre, wenn ich auch dieses Zimmer der Partygesellschaft öffnen würde, was vor allem die weiblichen Gäste sagen würden, wenn sie ihn so sähen – und ich machte ihm klar, wie leicht es passieren konnte, daß jemand aus reinem Zufall in dieses nicht verschlossene Zimmer hereinstolperte, das doch direkt neben der Toilette lag. Ich stellte fest, daß er naßgeschwitzt war, und wahrscheinlich war sein Schwanz mittlerweile so hart wie Eisen. Dann ging ich zurück zu den anderen und vergnügte mich weiter.«

Ich fühlte, wie auch meine Muskeln immer angespannter wurden. Meine Klientin lächelte auf mich herab und drehte den Absatz ihres Schuhs in meinen Eiern. Ich verzog schmerzerfüllt das Gesicht.

»Ich könnte Ihnen noch unzählige kleine Geschichten dieser Sorte erzählen. Die Variationen, einen Menschen zu quälen oder zu erniedrigen, sind wirklich unzählig. Ich könnte Ihnen berichten, wie ich einen anderen Freund von mir dazu zwang, einem von mir engagierten Callboy einen zu blasen. Oder wie ich einen Mann gegen seinen Willen dazu brachte, sich über seiner aufs Schmerzhafteste von mir zusammengebundenen jungen Frau einen abzuwichsen. Aber ich habe keine Lust mehr.« Urplötzlich erhob sie sich aus den Kissen. »Ich habe das alles so satt, so unglaublich satt. Es geht mir dermaßen auf die Nerven, das können Sie sich gar nicht vorstellen. Versetzen Sie sich doch mal in meine Position. Ständig nur bösartig sein, ständig eine Inszenierung sein zu müssen, nichts weiter als eine Projektionsfläche, auf die die Männer ihre größten Ängste und geheimsten Sehnsüchte projizieren können. Kein Platz mehr für echte Gefühle, kein Raum für Authentizität. Kein Kuscheln, keine Wärme, keine Nähe, nur distanzierte Kühle und zur Schau gestellte Verruchtheit. Es ist grauenvoll, eine Femme Fatale zu sein, glauben Sie mir. Es kotzt mich an! Und keine Möglichkeit, dem zu entkommen! Da nützt auch diese ganze Therapie nichts, nicht im geringsten.« Sie ging mit entschlossenen Schritten zur Tür.

»Augenblick mal!« Ich rollte mich panikerfüllt herum. »Sie können mich doch nicht so einfach so sitzenlassen.«

Sie hatte die Tür erreicht und wandte sich noch einmal lächelnd um. »Keine Angst. Morgen früh habe ich ja wieder einen neuen Termin, dann binde ich Sie los. Ich werde die Praxistür offenlassen.«

»Aber – meine anderen Klienten …« - ich watschelte auf sie zu, im Entengang, weil ich sie meine Erektion nicht entdecken lassen wollte – »… sie dürfen mich nicht so sehen.«

»Sie haben Ihre Handgelenke am Hals festgebunden, können die Hände aber einsetzen. Mit ein bißchen Gymnastik sollten Sie es schaffen, das Telefon zu bedienen und den Leuten abzusagen.« Ihr Lächeln wurde deutlich grausamer. »Ansonsten bleibt mir ja nichts anderes übrig, als die Tür offenzulassen, wenn ich morgen wieder hier rein möchte. Ich kann Ihnen also nur viel Glück wünschen. Vielleicht verstecken Sie sich ja hinter der Couch.« Damit wandte sie sich endgültig zum Gehen. »Angenehme Nacht«, rief sie mir ein letztes Mal über die Schulter zu und ließ mich allein zurück.

Stille. Die Beleuchtung wird allmählich immer weiter herabgedreht. Endlich befreit sich der Therapeut von seinen Fesseln, richtet sich auf und streift sich wieder seine Kleidung über. Als er vollständig angezogen ist, kehrt seine Klientin in den Raum zurück. Die beiden nehmen einander an der Hand, treten nach vorne und verbeugen sich. Und noch während die Arbeiter das Bühnenbild abzubauen beginnen, rätseln die grauhäutigen Wesen im Publikum darüber, ob sie soeben Zeugen einer Tragödie geworden sind oder einer Farce.

M-m-mayday

ILONA WAR ERSCHRECKEND LEICHT dazu zu bringen gewesen, mit mir zu kommen. Mein gutes Aussehen, der extravagant-witzige Stil meiner Kleidung und ein paar ungezwungen vorgetragene charmante Sprüche haben selten ihre Wirkung verfehlt. Sobald sie jedoch mein Haus betreten hatte, war sie in meiner Gewalt, und ich machte ihr das sehr schnell und unmißverständlich klar. Natürlich wollte sie sich anfangs nicht fügen, aber meine Methoden sind so gnadenlos und so wirkungsvoll, daß es mir noch immer gelungen ist, damit früher oder später jeglichen Widerstand zu brechen. Auch sie war binnen kürzester Zeit nur noch ein wimmerndes Häuflein Elend. Sie würde in Zukunft alles tun, was ich von ihr verlangte.

Es war ein wunderschöner Tag im August, als ich sie nackt in den Kofferraum meines Wagens sperrte. Dann fuhr ich ein wenig hinaus in die herrliche Landschaft, die meine Villa umgab. Es war Nacht, und sie war leicht angetrunken gewesen, als ich sie dorthin gebracht hatte; sie würde sich also nicht daran erinnern können, wo sich der Ort ihrer Gefangenschaft befunden hatte. Als wir einen Weg am Waldrand auf einer kleinen Anhöhe erreicht hatten, befahl ich ihr herauszukommen und fesselte ihr die Hände auf den Rücken. Sie ließ alles willenlos mit sich geschehen, auch als ich die Tit-Press an ihren spitzen Brüsten befestigte und so stark wie möglich zuschraubte, woraufhin sich ihr Gesicht vor Schmerz verzerrte. Ein kurzes Aufflackern von Panik in ihren Augen, als ich die Presse über eine dünne Metallkette mit dem Dachgepäckträger meines Wagens verband, aber da hatte ich mich schon hinter das Steuer geworfen und ließ den Motor an. Ich fuhr in äußerst gemächlichem Tempo los, und sie durfte feststellen, daß ihr nichts anderes übrigblieb, als mir zu folgen. Leicht, ganz leicht verstärkte ich den Druck meines Fußes auf das Gaspedal, so daß wir jetzt mit etwa zehn Stundenkilometern unterwegs waren. Sie mußte in leichten Laufschritt verfallen, wenn sie nicht von den Beinen gerissen und an ihren Titten hinter mir hergeschleift werden wollte. So zuckelten wir also durch das Bergland meiner Heimatregion. Ab und zu warf ich einen Blick in den Rückspiegel und sah das dumme Ding mit mittlerweile hochrotem Kopf schnaufen und prusten. Ihr Haarschopf flog von einer Seite auf die andere. Schließlich kamen wir an einer Gruppe Spaziergänger vorbei, die ich schon auf dem Weg hinauf gesehen hatte. Vermutlich hatten sie sich da schon darüber gewundert, daß mein Wagen gar keine Nummernschilder besaß. Jetzt mußte ich feixen, wenn ich mir vorstellte, welche Gedanken durch den Kopf meiner kleinen Gefangenen jagten, die völlig hilflos dagegen war, splitternackt an dieser Gruppe Leute vorbeijoggen zu müssen. In diesen Sekunden verzerrte sich ihr Gesicht vor Scham. Endlich waren wir an den Spaziergängern vorbei. Bis diese das nächste Telefon erreicht und die Polizei verständigt hatten, würde ich schon längst über alle Berge sein.

An einer geschützten Stelle hielt ich den Wagen an, stieg aus, nahm der flennenden Schönheit hinter mir die Tittenpresse wieder ab und warf sie auf die Rückbank. Die Kleine ließ ich mit immer noch auf den Rücken gefesselten Händen am Wegesrand stehen, während ich davonfuhr. Sie würde schon jemanden finden, der sich ihrer annahm.

II

Zu Hause angekommen, stellte ich meiner Hündin das Futter hin, warf mich in meinen Lieblingsstuhl – er ächzte ein wenig – und zog meine Schreibmaschine zu mir heran, um meine soeben erlebte Geschichte so schnell wie möglich zu Papier zu bringen, solange meine Erinnerung noch frisch war. Der Kassettenrekorder spielte »Song for Whoever«, und unter meinem Tisch hockte Sidonie, meine Haussklavin, und war damit beschäftigt, mir einen zu blasen. Immerhin war ich mittlerweile sexuell ziemlich aufgeladen. Ich hoffe, es ist Ihnen klar, daß ich diese ganzen Mühen nur für Sie auf mich nehme. Irgend etwas Geiles wollen Sie in diesen gesegneten Marterpfahl-Büchern ja unbedingt zu lesen haben. Finanziell bin ich beim besten Willen nicht auf das Autorenhonorar angewiesen, es geht mir vielmehr darum, den Kreislauf der Lust aufrechtzuerhalten: Mir geht einer ab, während ich es erlebe, mir geht einer ab, während ich es niederschreibe, und Ihnen geht hoffentlich einer ab, wenn Sie es lesen – andernfalls sollten Sie spätestens jetzt damit aufhören.

III

Susi und Carola waren ziemlich heiß drauf, als ich sie auf dieser Techno-Party kennenlernte. Sie schienen beide schon einiges geschluckt zu haben, Ecstasy war mit Sicherheit auch dabei.
Während sie so vor mir herumgiggelten, erfuhr ich, daß sie beide sich als die allerbesten Freundinnen betrachteten. So ein Pärchen war genau das, was ich schon seit einiger Zeit gesucht hatte.

Es kostete nicht allzuviel Mühe, sie dazu zu überreden, mich in meine Wohnung zu begleiten. Auch das Einflößen des kleinen Drinks, den ich für solche Zwecke vorbereitet hatte, machte überhaupt keine Probleme. Als die beiden wieder zu sich kamen, standen sie nackt einander gegenüber, beider Handgelenke waren über ihren Köpfen an eine von der Decke herabhängende Kette gefesselt. Zu dieser einen simplen Fesselung kam eine zweite, fiesere, als ich Susis Brüste mit kleinen Ringen durchstach, durch diese eine winzige Kette führte, welche ich über einen Deckenhaken legte und das andere Ende an Carolas Fußknöchel befestigte. Leider war die Kette so kurz, daß Carola ihren Fuß dazu über einen halben Meter hochheben mußte. Dasselbe machte ich dann umgekehrt mit ihr. Daß sich die beiden Mädchen anfangs heftig wehrten, bis sie einsahen, daß es keinen Sinn hatte und sie von mir gefügig gemacht worden waren, brauche ich hier ja nur anzudeuten. Auf jeden Fall standen sich die beiden schließlich einbeinig gegenüber, und jede mußte höllisch darauf achten, daß sie nicht das Gleichgewicht verlor oder aus Müdigkeit ihren erhobenen Fuß zu sehr senkte, denn dadurch würde sie extrem schmerzhaft an den Brüsten ihrer besten Freundin reißen. Ich verabschiedete mich daraufhin höflich von den beiden, um sie mal ein Stündchen oder zwei so allein zu lassen. Mal sehen, wie stabil sich ihre tiefgehende Freundschaft in solchen Belastungssituationen zeigte.

Als ich den Raum das nächste Mal betrat, hatten sie beide tatsächlich noch ihre Beinchen brav erhoben, aber sie sahen nicht sehr glücklich aus. Diesmal hatte ich eine Begleiterin dabei, Lucie, eine etwas frühreife Göre, die mir, obwohl sie erst in die neunte oder zehnte Klasse ging, als Komplizin bei allen möglichen Streichen tatkräftig zur Seite gestanden hatte. So sollte es auch diesmal sein. Amüsiert zeigte ich ihr, daß bei beiden Mädchen die Titten inzwischen doch etwas in Mitleidenschaft gezogen worden waren; sie hatten es also beide nicht ganz geschafft, ihren Fuß kontinuierlich am Absacken zu hindern. Aber daß alles, was sie bisher erlitten hatten, nur ein kleines Vorspiel war, mußten die beiden spätestens dann merken, als ich meine zwei Neunschwänzigen hervorholte – »Wenn du zum Weibe gehst, vergiß die Peitsche nicht!« wußte schon Nietzsche – und eine davon Lucie übergab. Ich ließ sie hinter Carola treten, begab mich selbst in Susis Rükken, und dann schlugen wir beide fröhlich drauflos. Wie abgesprochen, zielten wir möglichst oft vor allem auf das Standbein unserer Gefangenen. Schon nach kurzer Zeit entstand so ein köstliches Gekreische und ein ziemlich groteskes Herumgehüpfe. Die beiden heulten Rotz und Wasser, und jede von ihnen sah den Anblick ihrer Gegenüber wie ein Spiegelbild ihres eigenen Zustandes vor sich. Doch das gemeinsame Leiden verband Susi und Carola nicht um so mehr miteinander, ganz im Gegenteil. Es brauchte nur eine von den zweien aus Versehen ihr Bein sinken zu lassen, schon schrie die andere gepeinigt auf und tat als puren Racheakt genau dasselbe. Gegen Ende quälten sie sich vermutlich mehr gegenseitig, als sie von mir und Lucie gepiesackt wurden. Vermutlich erlebte ich gerade das Ende einer wunderbaren Freundschaft mit.

IV

Ich komme nach Hause, füttere meine Hündin, werfe mich in meinen Lieblingssessel – diesmal stöhnt er ein wenig – und schnappe mir die neusten SCHLAGZEILEN. Was lese ich da auf der Leserbriefseite? »Diese Zeitung hat mit Moral für mich nicht das geringste zu tun, und das ist gut so.« Bravo, junger Mann! Weiß auch gar nicht, was diese Spießer von der Staatsanwaltschaft laufend haben, nur weil ab und an die Gewaltanwendung gegen Frauen ein bißchen exzessiv beschrieben wird. Meinen Geschichten können sie damit auf jeden Fall nicht kommen. Erstens glaube ich einem früheren Artikel der Schlagzeilen entnehmen zu können, daß ich jede Form von Gewalt darstellen darf, solange sie nicht mit sexueller Lust verbunden ist; insofern kann ich dem zuständigen Staatsanwalt mit besten Grüßen versichern, daß der Aufrechtwinkel meines Schwanzes bei kaum einer meiner Aktionen über 45% betragen hat. Zweitens hatten die betroffenen Frauen bestimmt auch immer ihren Spaß daran, die brauchen das doch, ihre Möse war, glaube ich, auf jeden Fall immer feucht dabei. Und schließlich sind das alles auch nur Phantasien, nichts davon ist je wirklich passiert, also! Schreiben darf man ja wohl noch, was man will.

V

Im März letzten Jahres hatte ich diese junge Blinde kennengelernt. Ihre Behinderung störte mich nicht – erstens sah sie zum Ausgleich außergewöhnlich gut aus, zweitens ersparte ich mir dadurch allerlei Vorrichtungen, um den Weg zu meinem Haus vor ihr geheimzuhalten, und drittens hatte sie eine Zunge, die ihr Handicap ausgezeichnet kompensierte. Ich schwöre es, wenn sie dir die Schuhe leckte, konnte sie nicht nur deren Material, sondern auch Fabrikat, Herkunftsland und die ungefähre Preislage erkennen. Auf jeden Fall brachte ich es ihr ziemlich schnell bei.

Solange sie bei mir war, konnte ich alle Spielchen mit ihr treiben, die sich bei einer blinden Sklavin eben so anboten. Es war großartig, ich brauchte ihr nicht einmal die Augen zu verbinden, wenn ich sie mit etwas überraschen wollte. Auch konnte ich sie zwar nackt, aber gänzlich ohne Fesseln bei mir herumlaufen lassen, ohne daß ich Angst haben mußte, daß sie sich auf einmal absetzte. Sie stand in der Küche, ahnte nichts Böses, und auf einmal war ich hinter ihr und drang hart in sie ein. Wenn ich sie ab und zu durchpeitschte, stammelte sie immer völlig verwirrt herum, daß sie doch überhaupt nichts verbrochen habe, für das sie bestraft werden müsse. Aber wie sagte doch Nietzsche: Jeder Schmerz, jedes Unglück werden durch eine Idee der Schuld, des Fehlers verfälscht – man hat den Schmerz um seine Unschuld betrogen. Einen solchen Vorwurf wollte ich mir nicht zukommen lassen.

Aber auch ihrer wurde ich irgendwann einmal überdrüssig. An einem warmen Frühsommertag brachte ich sie hinaus in den Wald und fesselte ihre Gliedmaßen kreuzförmig an vier günstig stehende Bäume. Dann zog ich meine Schachtel mit den Roten Ameisen hervor, die ich über eine Zoohandlung aus Südamerika bezogen hatte. Ich zog meiner hilflosen Gefangenen den Slip herunter und ließ die Insekten frohgemut in ihre Vulva marschieren. Dann zog ich den Slip wieder hinauf und wartete ab. Wenige Sekunden später stieß das Mädchen einen gequälten Schmerzlaut aus, es dauerte nicht lange, und es folgte der zweite. Mein Biologiebuch schien recht zu behalten, Rote Ameisen waren tatsächlich Fleischfresser. In der nächsten halben Stunde wälzte sich meine kleine Hure schreiend auf dem Waldboden herum, riß verzweifelt, aber vergeblich an ihren Fesseln und machte ein höllisches Theater, als ob sie vor Schmerz wahnsinnig werden würde. Ich beendete die Aktion damit, daß ich über sie trat, meine Hose öffnete und meine Blase über ihrem Gesicht erleichterte. Danach fühlte ich mich außerordentlich wohl.

VI

Romy lernte ich in einer Kneipe kennen. Sie trug eine schwarze Nappa-Jacke, eine freche Schirmmütze auf dem Kopf, trank aus der Bierflasche und führte bei den Jungs, mit denen sie zusammen war, lautstark das Wort. Ich hatte es mir schwerer vorgestellt, sie unter Kontrolle zu bekommen, aber sobald ich sie in meiner Gewalt hatte, brauchte ich ihr nur empfindlich zu demonstrieren, wie grob ich notfalls werden konnte, und sie fügte sich sehr schnell.

Mit Lucies Hilfe zwang ich die nackte Romy dazu, auf einem Fahrrad Platz zu nehmen, aus dessen Sattel ein riesiger Dildo ragte. Er muß das Mädchen wirklich voll ausgefüllt haben. Ihre Füße ketteten wir, das Fahrrad noch gemeinsam abstützend, an die Pedale, ihre Hände an den Lenker. Dann ließen wir langsam los, und Romy wäre fast gestürzt, wenn sie sich nicht augenblicklich in Bewegung gesetzt hätte. So mußte sie die Pedale treten und ein bestimmtes Mindesttempo beibehalten, um nicht das Gleichgewicht zu verlieren. Ich setzte mich hinter das Steuer meines Wagens und folgte ihr. Während ich mit der rechten Hand steuerte, ließ ich mit der linken meine Peitsche auf Romys entzückenden Rücken knallen. So wurde sie von mir über Straßen und Wege gehetzt.

Endlich hatte ich von dem Spiel genug, wendete den Wagen und ließ Romy in Ruhe weiterfahren. Ich fragte mich, wie diese Radfahrt jemals enden sollte. Erstens hatte ich die Bremsen sicherheitshalber abmontiert. Zweitens würde sie es gar nicht wagen zu verlangsamen und zum Stehen zu kommen, weil sie dabei unweigerlich stürzen würde, was dank des riesigen Dildos auch nicht unbeträchtliche innere Verletzungen bedeuten würde. Drittens, selbst wenn sie Hilfe fand – angenommen, sie würde, so wie sie war, in ein Dorf fahren und den Nächstbesten bitten, ihr mal gerade das Rad festzuhalten, weil sie absteigen wollte – würde sie sich aufgrund ihrer an die Pedale geketteten Füße nur halb von diesem Dildo erheben können (was für ein Schauspiel das sein mußte!), höher kam sie einfach nicht. Sie war hilflos aufgephällt ... aufgepfählt. Ich nahm an, daß auch ihr all diese Gedanken durch den Kopf gingen, als sie dermaßen obszön durch die Landschaft brauste, ihr in der Sommerhitze der Schweiß aus allen Poren drang und sie nichts dagegen unternehmen konnte, daß Hinz und Kunz ihren nackten Körper begafften.

VII

Ich komme nach Hause, meine Hündin begrüßt mich mit der Leine im Maul, ich gehe mit ihr durch den Garten hinter meiner Villa Gassi. Dann fläze ich mich wieder in meinen Lieblingssessel und genieße, wie angenehm weich, warm und nachgiebig er ist. Zur Entspannung blättere ich ein wenig in der Bibel – ein Buch, das man keineswegs unterschätzen sollte. Was entdecken meine schweifenden Augen zum Beispiel hier in der Geschichte über den gottesfürchtigen Lot? Ich zitiere Genesis 19, 6-8: »Da ging Lot zu ihnen hinaus vor die Tür, schloß sie hinter sich zu und sagte: Aber meine Brüder, begeht doch nicht ein solches Verbrechen! Seht, ich habe zwei Töchter, die noch keinen Mann erkannt haben. Ich will sie euch herausbringen. Dann tut mit ihnen, was euch gefällt.« Ich habe schon immer einmal mit dem Gedanken gespielt, aus dieser Stelle eine neue pornographische Kurzgeschichte zu fertigen.

VIII

Am letzten Tag ihrer Gefangenschaft lasse ich einen alten Freund von mir vorbeischauen. Ich weiß Dinge über sein Vorleben, die ihn vollkommen in meine Gewalt bringen. Er arbeitet jetzt als Tätowierer. Das kleine Flittchen auf meinem Bett hat die Augen weit aufgerissen, als sie den fremden Mann, der plötzlich dazugekommen ist, mit Tusche und Feder hantieren sieht. Sie verdreht die Augen, als er ihre Brüste zu ritzen beginnt. QUÄL schreibt er auf die eine und MICH auf die andere. Dann nimmt er sich die Stelle direkt über ihrem Fötzchen vor. ICH BIN EINE SKLAVIN tätowiert er dort ein, mit dunkler Tinte, unauslöschbar. Der Text wird die Wirklichkeit formen. Biancas zukünftiges Sexualleben ist besiegelt.

Das erinnert mich an eine Scherzfrage, die mir ein befreundeter Skinhead einmal erzählte: »Wie machste 'nen Tittenfick mit 'ner Zwölfjährigen? Du ziehst dir Springerstiefel an und trittst ihr den Brustkorb ein!« Ich hab mich bepißt vor Lachen.

IX

Bei Pornofilmen mit sadomasochistischem Inhalt stellt sich vielen Betrachtern angeblich immer wieder dasselbe Gefühl ein: Macht das den Darstellerinnen auch wirklich alles Spaß, was da mit ihnen angestellt wird? Spätestens seit »Deep Throat« ist das mit der Freiwilligkeit so eine Sache. Dazu kommen immer wieder Gerüchte über sogenannte Snuff-Filme, also Filme, bei denen die Darstellerinnen vor der Kamera real umgebracht werden. Soweit ich weiß, streiten sich die Experten immer noch darüber, ob es solche Filme wirklich gibt oder ob diese Gerüchte nicht auf hysterischen Phantasien basieren. Wie auch immer, die Frage ist, ob das Dilemma, das sich bei Filmen stellt, nicht auch bei geschriebenen Texten existiert.

Drehen Sie's, wie Sie's wollen, Sie kennen mich nicht. Sie haben keine Ahnung, wozu ich fähig bin. Sie wissen nicht, ob mir brutales Verhalten gegen wehrlose Frauen nicht wirklich ein Heidenvergnügen bereitet. Und jetzt sage ich Ihnen, daß ich es wirklich genieße, wenn sie sich vor mir winden. Daß einiges von dem, was in meinen Geschichten steht, zum gefälligeren Lesen ein bißchen aufbereitet ist, ich aber nur das literarisch verarbeite, was ich tatsächlich getan habe. Ich habe

Frauen gequält und vergewaltigt, und was mir dabei am meisten Lust bereitet hat, war, ihre Leiden in eine Geschichte umformen zu können, die ich dann wildfremden Leuten zum Lesen gebe. Das macht meine absolute Verfügungsgewalt über diese Flittchen erst vollkommen. Das erst macht meine Orgasmen so großartig, wie sie sind.

Und wissen Sie, was das Tollste daran ist? Jeder, der so weit vorgedrungen ist, daß er diese Zeilen liest, hat nicht das geringste Recht, mich zu verurteilen. Sie sind mein Komplize, lieber Leser, liebe Leserin. Ohne Sie würde alles, was ich tue, nicht stattfinden, wäre es überhaupt nicht möglich. Ich will nicht quälen, um zu quälen, sondern quälen, um darüber zu schreiben. Die Folterung einer schönen Frau ist fraglos der dichterischste Gegenstand auf Erden. Gestern abend habe ich mir wieder ein neues Mädchen in meine Villa geholt. Die Nacht hat ihr bei weitem nicht so viel Spaß gemacht, wie sie sich davon versprochen hatte. Jetzt habe ich sie nackt vor mir auf meinen alten Küchenherd gespannt und die Platte unter ihrem Hintern auf die höchste Stufe gestellt. Innerhalb von nur ein paar Minuten beginnt sie zu jammern, hin und her zu zucken und gequält um Hilfe zu schreien. Ich stehe über ihr und dringe gewaltsam in sie ein. Das mit der Platte war eine gute Idee, ich mag es, wenn sie sich unter mir ein bißchen bewegen und nicht nur steif daliegen wie ein Brett. Fluten von Tränen strömen jetzt aus ihren Augen, sie wirft sich hin und her und brüllt sich die Seele aus dem Leib. »Aufhören!« fleht sie. »Bitte! Aufhören!« Sie bettelt verzweifelt, lieber Leser, liebe Leserin, und diese Verzweiflung richtet sich an Sie. Können Sie sie nicht hören? Ich wiederhole es, Sie können den Lesevorgang jederzeit abbrechen. Wie laut soll die Kleine denn noch brüllen? Ihr Köpfchen ist hochrot, ihr ganzer Körper naßgeschwitzt, ihr entzückender Arsch wird langsam, aber sicher zum Schnitzel. Sie lesen ja immer noch! Sehen Sie, und darum wasche ich meine Hände in Unschuld. Ohne Ihre Mithilfe wäre all dieses überhaupt nicht möglich. Bin mal gespannt, wie weit Sie meinen Erlebnissen noch folgen wollen.

X

Ich komme nach Hause, füttere die Hündin, setze mich auf meinen Lieblingsstuhl und blättere ein wenig in Horkheimers und Adornos »Dialektik der Aufklärung« herum. Was für ein grauenvoller Schreibstil! Ich werfe das Buch in eine Ecke und führe statt dessen ein Telefongespräch mit einem Mädchen, das ich vor ein paar Tagen in einer Bar kennengelernt habe. Ausnahmsweise war es mir einmal nicht gelungen, sie noch am selben Abend abzuschleppen, aber immerhin habe ich ihre Telefonnummer ergattert. Jetzt will ich sie zu einem neuen Treffen überreden und mache ihr zu diesem Zweck die tollsten Komplimente und ein paar erotisch-verspielte Andeutungen. Zur selben Zeit kauert Sidonie zwischen meinen Beinen und lutscht meinen Schwanz.

Mit Sidonie habe ich vermutlich mein Meisterstück geliefert. Ich hatte sie als junge Arbeitslose auf dem Immobilienstrich kennengelernt. Sie gehörte zu den Frauen, die schon derart verzweifelt Ausschau nach einer Wohnung hielten, daß sie sogar bereit waren, dafür einiges an sexueller Gegenleistung zu geben. Da sie geradezu unverschämt gut aussah, bot ich ihr einen Teil meiner Villa sozusagen als Einliegerwohnung an. Was das Mädchen nicht wissen konnte, war, daß ich damals gerade John Marks Buch über die Techniken der CIA zu Amnesie und Gedächtniskontrolle gelesen hatte. Es erschien mir nicht allzu schwer, die von ihm beschriebenen Methoden in Heimarbeit nachzuvollziehen. Selbst die Geräte für die Elektroschockbehandlung und die nötigen Medikamente konnte ich auftreiben. Ein paar einfache Techniken der Gehirnwäsche wie Schlafentzug oder gleichbleibend grelles Licht kennt man ja sowieso aus der Isolationsfolter von RAF-Terroristen in Deutschland. Es ist einfacher, aus Menschen ein psychisches Wrack zu machen, als man vielleicht gemeinhin denkt. Die Umprogrammierung erfolgt dann mittels Tonbändern, die ich in dem Raum, in dem Sidonie gefangengehalten wurde, ständig abspielen ließ. Die Anweisungen darauf waren unmißverständlich, und es war der Kleinen auch unmöglich, sich ihnen zu entziehen.

Nach wenigen Monaten konnte sie sich ohne meine Hilfe nicht mal mehr an ihren eigenen Namen erinnern. Hätte sie ihre alten Freunde irgendwann wiedergetroffen, wären sie völlige Fremde für sie gewesen.

Sie konnte schließlich weder lesen noch schreiben und hatte keine Ahnung mehr, wie man mit Messer und Gabel umging. Alles, was ich ihr stattdessen beigebracht hatte, war, daß ich ihr Herr war, dem sie absoluten Gehorsam schuldete – und die sexuellen Praktiken, mit denen sie mich am besten verwöhnen konnte. Endgültig psychisch gebrochen wurde sie durch ein paar spezielle Demütigungen von mir. So wird sie sich vermutlich Sie konnte schließlich weder lesen noch schreiben und hatte keine Ahnung mehr, wie man mit Messer und Gabel umging. Mittlerweile hat Sidonie mir sogar eine schriftliche Erklärung unterzeichnet, daß ich mit ihrem Körper auch nach ihrem Tod alles anstellen dürfe, was mir gerade in den Sinn käme.

Meine Gesprächspartnerin am Telefon wollte sich mit mir für den nächsten Abend um neunzehn Uhr verabreden. Ich wandte mich an Sidonie, als ob sie meine Sekretärin wäre, und fragte sie, ob ich an diesem Zeitpunkt nicht schon eine geschäftliche Besprechung liegen habe. Es hörte sich lustig an, wie sie mit meinem Schwanz im Mund zu antworten versuchte. Ich sagte den Termin zu und schaffte es, das Gespräch in dem Moment zu beenden, in dem ich mich ergoß. Ich warf den Hörer auf die Gabel, trat Sidonie mit aller Kraft in die Fotze, sie rollte zurück auf den Fußboden und blieb, während ich meine Hose richtete, in gekrümmter Haltung liegen.

XI

Es gab vor, neben und nach Sidonie immer auch andere Frauen, die mir für länger als ein einmaliges Abenteuer zur Verfügung standen. Juliane lernte ich durch eine Kontaktanzeige in einem SM-Magazin kennen. Sie präsentierte sich darin als absolut unterwürfige und bedingungslose Sklavin, und das wollte ich natürlich unbedingt austesten. Sie hatte nicht zuviel versprochen. Nietzsches Wahlspruch: »Das Glück des Mannes heißt: Ich will. Das Glück des Weibes heißt: Er will.« schien ihr ein innerstes Bedürfnis zu sein. Dazu kam, daß sie sich außerordentlich elegant zu kleiden wußte: Ob im kleinen Schwarzen oder im mondänen Abendkleid, sie machte immer eine gute Figur. Sie hatte auch keinerlei Probleme mit meinen speziellen Kleidungsvorschriften. Dazu gehörte vor allem, daß sie erstens nie Hosen, sondern immer nur

Röcke, zweitens nie Unterwäsche und drittens in ihrer Möse eine Schnur mit aneinandergereihten Vaginalkugeln zu tragen hatte. Dieses Outfit hatte den Vorteil, daß sie erstens beim Gehen in einem Zustand fast ständiger Geilheit und Verfügbarkeit gehalten wurde, zweitens immer daran denken mußte, ihre Beine zusammenzupressen, und sich dadurch ständig ihrer sexuellen Unterwerfung bewußt war, und daß sie, wenn sie ihre Muskelkontraktion doch einmal vergaß, augenblicklich durch das peinliche Erlebnis bestraft wurde, daß zwischen ihren Beinen die Kugeln auf den Boden glitten. Mehr als einmal kam sie dadurch in Situationen, in denen sie sich in Grund und Boden schämte.

Ich behielt Juliane auch dann noch, als ich mir längst Sidonie angeeignet hatte. Mit Juliane konnte ich Orte aufsuchen, zu denen ich mich mit Sidonie nie gewagt hätte, weil dem dummen Ding mittlerweile das letzte bißchen gesellschaftliches Benehmen abhanden gekommen war. Sidonie war quasi meine Haus- und Juliane meine Ausgehsklavin. Das bedeutete nicht, daß man mit Juliane weniger anstellen konnte. Ich hatte allerdings mehr Respekt vor ihr, weil sie alles von sich aus mit sich geschehen ließ. Beispielsweise erinnere ich mich an einen Abend, an dem wir gemeinsam eine Bar besuchten. Ein durchtrainierter Proll mit Oberlippenbart hatte sich an Juliane herangemacht und flüsterte ihr in einem Moment, in dem er sich von mir unbeobachtet glaubte, etwas ins Ohr. Sie antwortete ihm mit stolzer Stimme und so laut, daß alle Umstehenden es hören konnten: »Ich bin geil, wenn er es möchte!« und wies mit dem Kopf in meine Richtung. Der Typ lief rot an, wußte nicht, was er antworten sollte und machte sich davon. Als ich ihn wenig später draußen wiedertraf, teilte ich ihm lächelnd mit, daß er sich von mir aus gerne an meiner Begleiterin bedienen durfte. »Komm, fick doch mal grade mit ihr«, schlug ich ihm vor, bis er endlich begriff, daß ich es ernst meinte. Ich war dennoch überrascht, als er auf das Angebot einging und, während ich nur einen gewissen Höflichkeitsabstand hielt, Juliane auf der Kühlerhaube meines Wagens nahm, bis sie jauchzte.

XII

Eine andere Frau, an die ich mehr durch Zufall geriet, war Fatme, eine illegale Asylbewerberin, die sich von mir offenbar erhoffte, daß ich sie vor den Abschiebebehörden versteckte. Daß ich dafür einen gewissen Preis verlangte, wurde ihr wohl erst klar, als sie sich nackt bis auf eine enge Zwangsjacke auf einem Gitterrost wiederfand, durch den ich in unregelmäßigen Abständen elektrische Stromstöße jagte. Hei, war das ein Tanz, den meine kleine Araberin da aufführte! Es dauerte nur wenige Minuten, da flog ihr unbändiges schwarzes Haar schon schweißnaß von einer Richtung in die andere, und sie wagte es kaum mehr, einen Fuß auf den Boden zu setzen. Und da hatte ich erst angefangen, meine Hose zu öffnen und mir bei diesem köstlichen Anblick von Sidonie gütlich tun zu lassen.

Später brachte ich Fatme in meinem Keller unter, breitbeinig auf einem etwas über einen Meter hohen Holzphallus stehend, der zur Hälfte bei ihr eingeführt war. Der Gag bei der Sache war, daß ihr die Hände auf dem Rücken zusammengebunden waren und sie darauf achten mußte, die ganze Zeit über auf ihren angeschmorten Zehenspitzen zu stehen, denn sobald sie etwas absank, bohrte sich der Phallus immer tiefer in ihre Eingeweide. Ab und zu kam ich zu ihr herunter, um sie ein bißchen auszupeitschen. In diesen Tagen war mir, als ob ich im Himmel die Engel klagen hörte: »Der große Gott Pan ist wieder am Leben!«

Aber das Praktischste an Fatme war, daß ich sie so problemlos loswerden konnte. Heute muß ich mir alles mögliche einfallen lassen, damit meine Zeitsklavinnen keinen Hinweis auf meine Identität erhalten, um mich nicht bei der Polizei verpetzen zu können. Fatme konnte ich blutüberströmt einfach irgendwo absetzen, ohne daß ich mir weitere Gedanken zu machen brauchte. Es stand fest, daß sie, wenn sie jemals auf einer Polizeiwache landen sollte, in ihr Heimatland abgeschoben werden würde, bevor auch nur die kleinste Ermittlung gegen mich aufgenommen wurde. Viele Männer in diesem Land waren dank unserer glücklichen Gesetzgebung in der Lage, mit illegalen Ausländerinnen durchaus ähnlich zu verfahren wie ich, nur vielleicht etwas weniger phantasievoll.

XIII

(zum vereinfachten Gebrauch der Geschichte)

Zurschaustellung	I, VI, XI, XIV, XVII, XVIII
Bondage	I, III, V, VI, VIII, IX, X, XII, XIV, XVI, XVIII
Dehumanisierung	II, IV, VII, X, XIV, XVI
Fellatio	II, X, XII, XV, XVIII
Auspeitschen	III, V, VI, XII, XVI
Schuhelecken	V, XVII
Natursekt	V, XV
Dildospiele	VI, XII, XVIII
Vergewaltigung	V, VIII, IX
Verbrennung	VIII, IX, XVIII
Sport und Tanz	I, III, VI, XII, XVI
groteske Demütigungen	X, XI, XIV, XVII
diverse Quälereien	I, III, V, VI, VIII, X, XII, XIV
ideologische Subtexte	VII, VIII, X, XII, XVII
Metatextualität	II, IV, VII, IX, XIX
Intertextualität	II, III, V, VII, IX, X, XI, XII, XV, XVI
Stöckelschuhe	XIV, XVI, XVIII

XIV

Ich komme nach Hause, stelle die neue Hundehütte im Garten auf und führe meine Hündin dorthin. Sie findet gut in der Hütte Platz. Wahrscheinlich wird es etwas heiß werden, wenn im Sommer die Sonne daraufknallt, aber dann kann sie sich ja einen Fleck im Schatten suchen. Ich muß daran denken, daß ich ihr die Leine lang genug mache. Dann lasse ich mir von Sidonie eine Wanne heißes Wasser einlaufen und mich von ihr ausgiebig baden. Auch das gehört zu den sexuellen Dienstleistungen, die ich ihr eigens noch einmal beibringen mußte.

»Ich würde auch mal wieder gerne ein Bad nehmen, Herr«, sagte sie in leicht jammerndem Tonfall zu mir, während sie gerade meinen Rükken einseifte. »Oder mich wenigstens waschen. Würdet Ihr mir das erlauben? Ich habe das Gefühl, daß ich in meiner Scham ein wenig zu riechen beginne.«

Ich lachte. »Sidonie, du riechst nicht ein wenig, du stinkst. Du stinkst zum Himmel. Aber ich werde dir trotzdem keine Erlaubnis geben. Ich finde nämlich, der Gestank paßt zu dir. Er hat so etwas Viehisches.«

»Wie Ihr wünscht, Herr«, erwiderte Sidonie und brauste mir den Rücken ab.

Beim Abtrocknen stelle ich fest, daß die Kaposi-Sarkome auf meinen Armen ein gutes Stück größer und dunkler geworden sind. Ich versuche, nicht daran zu denken. Im Moment lassen sie sich noch sehr gut überschminken. Ansonsten habe ich fest vor, alles mitzunehmen, was immer ich kann.

Eine Stunde später erscheine ich, perfekt zurechtgemacht, zu meinem Treffen mit Natalie im Restaurant. Sie trägt einen dezenten Hosenanzug und hohe Stöckelschuhe, was mir sehr gelegen kommt. Wir witzeln das ganze Essen über miteinander herum, aber danach läßt sie sich dann doch ziemlich lange bitten, bis sie sich einverstanden erklärt, noch einmal auf einen Drink mit in meine Wohnung zu kommen. Vielleicht hätte sie sich zu guter Letzt doch noch geziert, wenn ich ihr nicht ein paar kleine Anheizer in den Cocktail geschüttet hätte. Als wir dann im Schlafzimmer landen, kichert sie, irgendwie scheint ihr das peinlich zu sein, mit einem Mann, den sie nur flüchtig kennt, in die Federn zu steigen. Sie besteht sogar darauf, daß wir beim Sex das Licht ausgeschaltet lassen, was meiner Ansicht nach von einer fast absurden Keuschheit zeugt. Aber andererseits können wir uns dadurch um so mehr auf unseren Tastsinn verlassen und verbringen eine sehr zärtliche Nacht miteinander.

Natalie erwacht am nächsten Morgen, als sie von Lucie und mir aus dem Bett gezerrt wird. Während meine Komplizin Natalie einen Knebel anlegt, binde ich ihr brutal die Arme hinter dem Rücken zusammen. Ihr ganzes Sträuben und Um-sich-Treten nützt ihr nichts, als sie von uns in den Keller geschleift wird. Dort fessle ich ihre Beine an ihre Arme, so daß sie daliegt wie ein gespannter Flitzebogen. Ich entferne den Knebel und lasse sie ein bißchen alleine, alleine bis auf die kleinen pelzigen Tierchen, die gerne in diesen unterirdischen Räumen herumhuschen. Immer wenn wieder ein spitzer, ekelerschreckter Schrei aus dem Keller heraufdringt, sehen Lucie und ich uns grinsend an.

Nachmittags holen wir Natalie wieder nach oben. Sie ist jetzt nur noch ein zitterndes Nervenbündel. Lucie gibt ihr aus einer Flasche Whisky zu trinken. Als Natalie nichts mehr möchte, halten wir ihr die Nase zu und zwingen sie dazu weiterzuschlucken. Ziemlich schnell ist sie sturzbetrunken. Dann ziehe ich ihr mit Lucies Hilfe die bereitgelegte Unterwäsche an. Dunkle Netzstrümpfe mit Halter, einen schwarzen Leder-BH, der die eigentlichen Brüste allerdings freiläßt. Alles in allem hebt diese Wäsche Natalies Nacktheit nur um so mehr hervor, statt sie zu verbergen, und wirkt furchtbar unzüchtig. Zuletzt streifen wir ihr ihre Stöckelschuhe über und binden ihr die Handgelenke mit schwarzen Riemen auf dem Rücken zusammen. Die Fesselung wirkt für einen flüchtigen Betrachter wie ein Teil der Wäsche, Natalie hat ihre Hände einigermaßen frei, nur nicht frei genug, um damit ihre Blößen zu bedecken.

Juliane fährt den Wagen, ich befinde mich mit der lallenden Natalie auf der Rückbank. Wir brausen durch die Innenstadt. Als wir die Fußgängerzone erreicht haben, öffne ich den Schlag und schubse das besoffene Flittchen nach draußen. Sie stürzt aufs Pflaster, kommt torkelnd auf die Beine, steht augenblicklich im Mittelpunkt der Aufmerksamkeit. Juliane gibt Gas, wir verschwinden um die Ecke, ich springe hinaus und eile durch eine Einkaufspassage in die Fußgängerzone zurück. Das ganze dauert vielleicht zwei Minuten – als ich ankomme, taumelt Natalie noch immer hilflos lallend in der Gegend herum. Die Leute begaffen sie, einige sind verstört, andere machen einen Bogen um sie und hasten davon. Aber alle scheinen von dieser Halbnackten, Mehr-als-Nackten, die da zur Hauptgeschäftszeit zwischen ihnen herumstolpert, gänzlich überfordert, keiner kommt auf die Idee, ihr zu helfen. Ich genieße aus einer sicheren Beobachterposition heraus das Spektakel. Das hat das Miststück jetzt davon, daß sie sich die ganze Zeit so geziert hat!

XV

Wie gut eine Frau aussieht, mein Junge, ist zweitrangig, sagte mein Vater immer. Wichtig ist, wieviel sie schluckt. Das brachte mich auf die Idee zu einer neuen Schelmerei mit meiner Haussklavin Sidonie. Ich hatte mich in meinen Lieblingsstuhl gesetzt, der mit der Zeit auch immer abgenutzter wirkte, und ein wenig in meiner Dworkin, ein wenig in meiner Bronfen herumgeblättert, während ich ein Glas Wasser nach dem anderen herunterpumpte. Irgendwann war mein Bauch so prall, daß ich mich kaum mehr bewegen konnte. Dann rief ich Sidonie zu mir und befahl ihr, mir einen zu blasen.

Als ich kam, ergoß ich mich so heftig in Sidonies Mund wie noch niemals zuvor. Das viele Wasser, das ich in mich hineingeschüttet hatte, war auf meine Ejakulation nicht ohne Auswirkung geblieben: Mein Sperma war fast so flüssig wie Urin, als es in Sidonies Rachen schoß, und der Strom wollte nicht aufhören, sie schluckte verzweifelt, schluckte und schluckte, konnte es kaum glauben, ihre Augen weiteten sich vor Panik, das Zeug rann ihr schon aus beiden Mundwinkeln, ich spritzte und spritzte, ihre Kehle schien es gar nicht mehr aufnehmen zu können, ihr ganzer Körper begann vor unterdrücktem Ekel zu beben, es gab also doch noch letzte Reste von innerem Widerstand in ihr, ich mußte grinsen, sie erstickte fast an meinem Sperma, ich erwartete jeden Moment, daß es ihr wieder zur Nase herausfluten würde, sie schluckte und schluckte, ihr Gesicht begann fiebrig zu glühen, und erst als es so aussah, als würde sie es endgültig nicht mehr durchhalten, ließ der Strom allmählich nach. Ich zog meinen Schwanz langsam aus ihrem jetzt weit aufgesperrtem Mund heraus, ein paar letzte Tropfen rannen ihr Kinn und ihren Hals herab, ich trat Sidonie mit aller Kraft in die Fotze, sie rollte zurück auf den Fußboden und blieb, während ich meine Hose richtete, in gekrümmter Haltung liegen.

XVI

Ich hatte Claudette oder Anja oder wie sie hieß in einem meiner Lieblingscafés kennengelernt. Sie hatte ein scharfgeschnittenes Gesicht, lichtblondes Haar und sehr helle Haut. Ihr distanziertes Verhalten machte den Eindruck einer begüterten, etwas hochnäsigen Frau, die sich für die Begierden der Männer immer etwas zu erhaben dünkte. Ich mußte meinen gesamten frischen Jungencharme aufbieten, um sie nach ein paar Treffen endlich dazu zu überreden, mit mir in meine Wohnung zu kommen.

Sobald sie das Lederzaumzeug, die Handgelenkfesseln und die beinahe hüfthohen schwarzen Stiefel mit den fast zehn Zentimeter hohen Hacken trägt (und sonst nichts), ist sie lange nicht mehr so hochnäsig. Ohne den Knebel würde ihr hilfloses Schnaufen vielleicht ein Schluchzen werden. Ich bringe meinen Mund zu ihrem Ohr und flüstere hinein, daß sie sich ab jetzt körpersprachlich mit mir verständigen müsse: Sobald sie heiß drauf sei, von mir durchgevögelt zu werden, solle sie sich auf alle Viere niederlassen. Dann schnüre ich ihr die Brüste ab und lege die Klammern an. Sie wimmert.

Endlich greife ich zur Peitsche und lasse mein Ponymädchen durch den Raum laufen. Sobald sie ihre Knie nicht hoch genug hebt, lasse ich die Peitsche auf ihren Rücken sausen. Die vornehme Blässe ihrer Haut wird bald von roten Linien kontrastiert. Allein das knallende Geräusch der Absätze würde ausreichen, um mir einen unglaublichen Orgasmus zu verursachen, aber dieser Anblick ist das Allerhöchste. Die Frau, das Pferd, das Reittier – elegant, schön, hilflos. Zurückgeführt zu ihrer eigentlichen Bestimmung. Meine Stute ist bald schweißgebadet und schnauft ganz schön. Langsam werden ihr die Beine schwer, aber erstens wehrt sie sich um jeden Preis dagegen, vor mir auf ihre Knie zu sinken, zweitens treibt sie meine Peitsche unerbittlich an. Wenn es so aussieht, als hätte sie gar keine Kraft mehr, schlage ich eben auf ihre abgeschnürten Brüste, und sie springt wieder wie ein junges, ungezähmtes Vollblut. Ein Pferd in der Wohnung, nur nicht so platzraubend. Mein Schwanz hämmert wie selten zuvor. Vor meinem inneren Auge entstehen stantoneske Traumwelten, Straßen voller Mädchen mit zurückgebundenen Armen und gezwungen herausgestreckten Brüsten; einige ziehen vielleicht sogar kleine Wägelchen … Ein Seufzer entringt sich meinen Lippen, die aufwallenden romantischen Gefühle in meiner Brust überwältigen mich schier. Mein Pony läßt immer noch seine Absätze knallen, in Claudettes Augen zeichnet sich wildeste Verzweiflung ab. Es wird nicht lange dauern, und sie kann gar nichts dagegen tun, daß sie schweißgebadet auf die Knie bricht, das Haar ihr vors

Gesicht fällt, das Blei in ihren Beinen sie am Boden hält, während ich ihren geschmeidigen, erhitzten Körper von hinten besteige und ihr zeige, was ein wirklich wilder Ritt ist.

Ich träume noch Tage später von dieser Aktion und muß immer wieder daran denken, wenn ich durch die Stadt gehe und Frauen mit hohen Absätzen oder deutlich hervorgehobenen Brüsten sehe. Ich frage mich, ob sie ahnen, was mir durch den Kopf geht, wenn ich sie so begutachte. Meine Augen sind die Augen eines Romantikers, sie erkennen das wahre Wesen der Dinge. Alle Frauen sind Ponys, aber es bedarf eines Künstlers, diese Tatsache ästhetisch herauszuarbeiten. Ich wollte, ich könnte zeichnen.

XVII

Eine weitere Methode, die die CIA im kalten Krieg bis zur Mitte der siebziger Jahre angewendet hat, war das Schaffen sogenannter Sleeper-Agenten. Das waren völlig normale Mitglieder der Bevölkerung, amerikanische Durchschnittsbürger, die vom US-Geheimdienst einem speziellen Hypnoseprogramm unterzogen wurden. Ab diesem Zeitpunkt brauchte man sie nur anzutelefonieren und durch eine rhythmische Folge elektronischer Piepser sozusagen zu aktivieren. Einmal auf diese Weise aktiviert, besaßen sie plötzlich ein vollkommen anderes Gedächtnis und eine andere Persönlichkeit und konnten von der CIA zu Spionagetätigkeiten eingesetzt werden. Der Witz bei dieser Geschichte bestand darin, daß ein »Sleeper«, wenn er im deaktivierten Zustand dem Feind in die Hände geriet, selbst unter Folter nichts über seine Mission aussagen konnte, weil er sich an diesen abgespaltenen Teil seiner Persönlichkeit einfach nicht erinnerte. Es bereitet mir immer wieder ein wohliges Gefühl im Magen, wenn ich daran denke, daß wir uns mit den Vereinigten Staaten in einer großen, westlichen Wertegemeinschaft befinden. Nur die Erinnerung daran, daß wir indirekt auch die Folterung von jungen Mädchen in der Türkei unterstützen, macht meine Orgasmen intensiver.

Aber ich schweife ab. Wichtig ist, daß ich, sobald ich das Buch über die Praktiken der CIA gelesen hatte, verschiedene Nachforschungen aufnahm und einen Mann ausfindig machen konnte, der die soeben beschriebenen Hypnosetechniken beherrschte. In seine Behandlung brachte ich Melanie. Als sie seine Praxisräume verließ, konnte sie sich an nichts mehr von dem erinnern, was mit ihr geschehen war, sondern hatte die künstliche Erinnerung eingepflanzt bekommen, in einem Reisebüro gewesen zu sein, dessen Angebot ihr nicht sonderlich zugesagt hatte.

Tage später bekam sie in ihrem Büro, das sie mit vier männlichen Kollegen teilte, meinen Anruf. Die Übertragung der elektronischen Signale funktionierte ohne Probleme. Sobald sie in Melanies Gehirn angekommen waren, erhob sie sich von ihrem Schreibtisch, knöpfte ruhig und konzentriert ihre Bluse auf und legte sie ab, ohne den verwirrten Blicken ihrer Kollegen irgendeine Aufmerksamkeit zu zollen. Es folgte der Rock, ihre Strümpfe, Schuhe und Unterwäsche. Als sie komplett nackt war, ging sie mit ihrer Kleidung zum Fenster und warf sie hinaus, alles, als ob es das Natürlichste von der Welt wäre. Sie trat zurück an ihren Schreibtisch, leckte über ihren Mittelfinger und begann damit, unter lustvollem Stöhnen ihre Klitoris zu streicheln. Als sich die meisten ihrer Kollegen erhoben hatten und mit völlig konsterniertem Gesichtsausdruck auf sie zutraten, dabei sinnlose Bemerkungen machten, ließ sich Melanie auf alle Viere herab, kroch auf sie zu und begann, einem nach dem anderen die Schuhe zu lecken. In diesem Augenblick betrat ich mit einem Formular in der Hand den Raum, tat, als ob ich irgendein Kunde wäre, der eine Auskunft brauchte. Obwohl sich Melanie mit keinem Teil ihrer Persönlichkeit an mich erinnern konnte, hatte sie den posthypnotischen Befehl erhalten, sich bei meinem Anblick in ihre ursprüngliche Persönlichkeit zurückzuschalten. Völlig verwirrt kam sie zu sich und stellte fest, daß sie zwischen ihren Arbeitskollegen splitternackt und mit heraushängender Zunge auf dem Fußboden kauerte. Sie erschrak, ihr Gesicht verzerrte sich in wildem Unverständnis, sie sah entsetzlich hilflos aus, bedeckte ihren Körper, so gut es ging, mit den Händen und sah sich gehetzt nach ihren Klamotten um, die nirgendwo zu entdecken waren. Sie flüchtete sich auf einen Drehstuhl, zog die Beine an den Körper, ihr Gesicht drückte noch immer absolutes Verstörtsein aus und … Moment. Das ist mir überhaupt nicht wirklich passiert, das war in einem *Film*, den ich mal gesehen habe. Natürlich, ich bin mir vollkommen sicher, jetzt, wo ich's sage, weiß ich sogar wieder, welches Kino das war. Wie konnte ich das nur durcheinanderbringen? Ich hätte schwören können, daß … dabei ist die Vorstellung, daß ich so diffizile Operationen durchziehen könnte, doch wirklich phantastisch. Aber als ich es eben niedergeschrieben habe, war ich sicher …

XVIII

Ich schob Kitty den Hitzedildo in die Vagina, stellte ihn auf volle Leistung und befestigte ihn mit einem Hüftgürtel um ihre Taille. Dann ließ ich sie das leichte Sommerkleid über ihren Körper ziehen und fuhr mit ihr essen.

Schon während der Fahrt rutschte sie ständig auf dem Sitz neben mir hin und her. Ihre Unruhe hatte sich schon beträchtlich gesteigert, als wir das Restaurant erst erreicht hatten. Ich wählte uns einen ruhigen Tisch in der Ecke eines Nebenraumes, nicht weit von den Toiletten. Dort fesselte ich ihren nackten Fuß mit einer Handschelle so an ein Bein der Bank, daß es für einen zufällig Vorübergehenden nicht sichtbar war. Kitty konnte sich kaum auf die Speisekarte konzentrieren, auch mein freundliches Geplauder schien sie nicht sonderlich interessant zu finden, was ich als reichlich unhöflich empfand. Nach und nach konnte ihr hübsches Gesichtchen die schmerzhafte Hitze, die sie zwischen ihren Beinen empfand, nicht mehr unterdrücken.

»Es brennt so furchtbar!« sagte sie mir schließlich mit Tränen in den Augen. »Ich halte es nicht mehr aus!«

Ich sah überrascht auf. »Hatten wir nicht ausgemacht, daß du dieses Essen für mich überstehst, ohne zu meckern?«

Sie flennt fast. »Ich habe es mir nicht so furchtbar *schlimm* vorgestellt! Bitte laß mich ihn ausziehen. Meine Muschi, bitte, er verbrennt ja alles!«

»Also gut«, sage ich, muß aber die freudige Erleichterung, die über ihr Gesicht fliegt, gleich wieder bremsen. »Nachher. Ein paar Minuten wirst du ihn noch drinnen lassen. Wenn du deinen Gehorsam auf diese Weise nicht demonstrieren möchtest, mußt du ihn eben auf andere Weise zeigen. Zieh dein Kleid aus.«

»Was? Hier?«

»Wir sind hier in einer geschützten Ecke. Stell dich nicht so an.«

»Aber hier kommen alle vorbei, die auf die Toilette wollen.«

»Ja, da hast du recht. Du kannst also ruhig so bleiben, wie du bist.«

Ich hätte in den nächsten Minuten schwören können, Kitty wäre trotz des unbedingten Gehorsams, den ich ihr eingebleut hatte, irgendwann auf die Toilette gerannt und hätte sich den Dildo herausgezogen, wenn ich sie nicht an ihrer Bank festgekettet hätte. So blieb ihr nach einiger Zeit nichts anderes übrig, als sich zu erheben und sich ihr Kleid über den Kopf zu streifen. Mit hochrotem Kopf saß sie dann da, die Hände vor den Brüsten zusammengelegt, als ob das etwas nutzen würde.

Natürlich konnte ich mir selbst kein Aufsehen, keine Auseinandersetzung mit dem Wirt oder einem naseweisen Gast leisten. In dem Moment also, in dem ich den Kellner mit der Vorspeise herannahen sah, gab ich Kitty den Befehl, unter dem Tisch zu verschwinden. Sie rutschte wie der Blitz von ihrer Bank, der Kellner hatte nichts bemerkt. Während ich mich meinen Weinbergschnecken widmete, hörte ich Kitty unten wimmern.

Ich schlug die Tischdecke zurück. »Also gut, ich lasse dich die Toilette aufsuchen und das Ding entfernen – wenn du mir jetzt gleich einen bläst.«

Beinahe schluchzend gehorcht sie. Sie öffnet meine Hose, zieht meinen erigierten Schwanz heraus und umschließt ihn mit ihren Lippen. Dann beginnt sie zu saugen. Sie hält erschreckt einen kurzen Moment inne, als sie den Druck von Stöckelschuhen auf ihrem Rücken spürt, aber ich mache ihr eine ungeduldige Geste, daß sie mit ihrer Fellatio fortfahren soll. Inzwischen hat Angelika, in elegantes Schwarz gekleidet, Kittys Platz eingenommen und verzehrt jetzt ihre Vorspeise.

Kurz bevor ich komme, ziehe ich meinen Schwanz aus Kittys Mund und ejakuliere in ihr Gesicht. Ich schiebe Angelika den Schlüssel herüber, sie löst die Handschelle um Kittys Fußknöchel. Diese kommt zitternd und mit verschmiertem Gesicht auf die Beine. Ich deute in Richtung Toilette. Kitty will nach ihrem Kleid greifen, aber Angelika schüttelt lächelnd den Kopf. Kitty sieht mich ungläubig an. Mein Gesicht bleibt ausdruckslos und abwartend. Der Dildo in ihrem Fötzchen muß inzwischen fast glühen. Endlich schlägt sie die Hände vor ihren Körper und huscht in Richtung Toiletten davon. Hoffentlich erwischt sie wenigstens die richtige Tür.

Ich nicke Angelika zu. Wir stehen auf, sie legt Kittys Kleid zusammen und steckt es ein. Gemeinsam verlassen wir das Restaurant. Ich frage mich, was Kitty tun wird, sobald sie entdeckt hat, daß wir nicht mehr da sind, und sie sich von ihrem Schock erholt hat. Wird sie nackt, wie sie ist, in den vorderen Bereich des Restaurants gehen und dort um Hilfe bitten, oder wird sie sich vorher den Hüftgürtel wieder umlegen, damit wenigstens ihre Muschi bedeckt ist, auch wenn sie der Schmerz fast umbringt? Schade, daß ich es nie erfahren werde. Die Liebesnacht, die ich mit meiner Komplizin Angelika verbringe, ist heiß und sehr intensiv.

XIX

Also gut, also gut, ich gebe es zu, gut, ich gestehe. Nichts von dem, was ich niedergeschrieben habe, hat sich jemals tatsächlich so oder ähnlich zugetragen. Alles ist reine Erfindung. Aber macht das einen Unterschied? Ich träume davon, nackte, schöne Mädchen aufs entsetzlichste zu foltern und zu quälen. Für meine abscheulichen Phantasien sollte ich eigentlich bestraft werden. Das ist Angelikas Aufgabe. Die einzige Frau von allen hier vorgestellten, die tatsächlich existiert. Sie wird mir so lange Schmerz und Demütigung bereiten, bis ich endlich wieder gereinigt bin. Und dennoch ... Meine Phantasien bereiten mir immer noch Angst. Wo sind die Grenzen? Immer wenn ich Pat Benatar höre, »We Belong«, oder andere, wildromantische Liebeslieder, ich kann mich dann des Gefühls nicht erwehren – irgend etwas stimmt mit meiner Beziehung zu Frauen nicht. Vielleicht sollte ich einmal für längere Zeit völlig abstinent leben und wieder zur Ruhe kommen. Oder mir eine Gliederpuppe besorgen, die ich ab und zu vergewaltigen kann. Und Sie, verehrter Leser? Verehrte Leserin?

Sie sind mir bis hierher gefolgt? Das sagt ja auch schon einiges. Vergessen Sie Nietzsche nicht: Wenn immer du in einen Abgrund blickst, dann blickt der Abgrund auch in dich hinein. Oder so ähnlich. Ja, ich sollte wirklich endlich mal zur Ruhe kommen.

Wo sind die Grenzen?

Also ziehe ich ein letztes Mal die Straße herunter, heute abend, herunter zu meiner Lieblingsbar.

Und dort begegnet mir Ilona.

Ins Röckchen gezwungen

von Glynis Dunnit und Rüdiger Happ

Frauen, die die Hosen anhaben; Männer in Schürzchen, Röckchen und unterm Pantoffel ... Zusätzlich Erlebnisberichte und Briefwechsel

3. Aufl. 2001 – 172 Seiten – ISBN 3-9806104-3-8 – 15,- €

9 ½ Wochen

von Elizabeth McNeill

Eine Frau fällt in eine immer tiefere Hörigkeit zu einem dominanten Mann. Die Vorlage zum bekannten Film – in Deutschland jahrelang auf dem Index

2. Aufl. 2003 — 160 Seiten – ISBN 3-9806104-1-1 – 15,- €

Das Cagliostro-Lesebuch

Prallvoll mit den besten Geschichten des Meisters – die preiswerteste Möglichkeit, den Kultautor kennenzulernen

ISBN 3-9806104-2-X – 168 Seiten – 12,- €

Spanking – Lust und Leidenschaft

von Antje und Andreas

Männer, die sich durchzusetzen wissen; Frauen, die eben deswegen übers Knie gelegt werden... Zu den Kurzgeschichten Antjes Selbstbetrachtung: Warum will eine selbstbewußte junge Frau den Po versohlt haben?

ISBN 3-9806104-5-4 – 168 Seiten – 15,- €

Die Fremde

von Kay Kolmar

In der Begegnung mit dem dominanten Arzt Jerzy findet die Schriftstellerin Anna den Weg aus ihrer Schaffenskrise ...

ISBN 3-936708-09-6 – 114 Seiten – 13,50 €

FOX – wenn du verlierst, bist du Freiwild

von Cagliostro

Schöne neue (Medien-)Welt im Jahr 2012: Francine läßt sich aus Geldnot halbnackt durch die Straßen der Großstadt jagen

ISBN 3-9806104-7-0 – 160 Seiten – Format 22 x 27 cm – 16,50 €

Zucker und Peitsche für Barbara

Girls und Boys an die Kandare genommen
von Cagliostro
Das hätte Barbara nicht erwartet, daß man sie mit solcher Konsequenz zur rossigen Stute abrichten würde ...
ISBN 3-9806104-4-6 – 140 Seiten – 15,- €

My dark side

von Cat von M
24 Kurzgeschichten (meist maledom) einer talentierten österreichischen Autorin
ISBN 3-936708-01-0 – 160 Seiten – 16,80 €

Scipia, Sklavin der Römer,

von Saskia Weißer, Rüdiger Happ und »Sklavin Scipia«
Männliche Dominanz und anschmiegsame Weiblichkeit in Gegenwart und Antike in 14 Kurzgeschichten
ISBN 3-9806104-8-9 – 192 Seiten – 18,- €

Im Banne der Gräfin

von Henri Arradon
Eine launische reiche Gräfin peinigt ihren Diener mit einem Wechselbad aus Fürsorglichkeit und Grausamkeit ...
ISBN 3-936708-02-9 – 112 Seiten – 13,50 €

Die Briefe der Lady S.

von Henri Arradon
Eine dominante Frau gibt einer unerfahrenen Freundin briefliche Anweisungen zur »Behandlung« ihres neuen Sklaven
ISBN 3-936708-08-8 – 116 Seiten – 13,50 €

»DAS da wird dir Manieren beibringen!«

von Neosteel und Rüdiger Happ
In Stahl gefaßte Männlichkeit – von IHR zur Keuschheit verdammt, wird er ganz brav ...
ISBN 3-936708-05-3 – 136 Seiten – 15,- €

Gynopolis – Stadt der dominanten Frauen

von Cagliostro

Macht korrumpiert: In der Stadt der dominanten Weiblichkeit läuft einiges anders, als die Hochglanzprospekte versprechen …

ISBN 3-936708-10-X – 288 Seiten – 20,- €

Lustvolle Unterwerfung

Ein Ratgeber von Arne Hoffmann

Ratgeber für »SM-Einsteiger«, der das Wissen erfahrener »Szeneleute« kompakt zusammenfaßt

ISBN 3-936708-11-8 – 194 Seiten – 18,- €

Stille Tage in Roissy

Roman von Saskia Weißer

Anschmiegsame Weiblichkeit und dominante ritterliche Männlichkeit, verbunden mit einer Krimihandlung

ISBN 3-936708-13-4 – 186 Seiten – Format 22 x 27 cm – 19,- €

Onanieren für Profis

Ratgeber von Arne Hoffmann

1000 heiße Tips für Männer, damit es noch besser flutscht …

ISBN 3-936708-16-9 – 176 Seiten – 17,- €

Die Nacht hat 24 Stunden

von Eurydike

Neun SM-Stories voll devoter Weiblichkeit …

ISBN 3-936708-17-7 – 156 Seiten – 15,- €

Des Widerspenstigen Zähmung

von R. Happ, Didi und Woschofius

Geschichten und Bilder rund um den schönsten Tag des Lebens …

ISBN 3-936708-18-5 – 212 Seiten, 32 Bilder – 16,60 €

Der Hauslehrer

Roman von Linda Walter und Randy McCane

Zucht und Ordnung auf einem ostpreußischen Gutshof anno 1886

ISBN 3-936708-23-1 – 180 Seiten – 17,70 €